Paru dans Le Livre de Poche :

ARSÈNE LUPIN, GENTLEMAN CAMBRIOLEUR.
ARSÈNE LUPIN CONTRE HERLOCK SHOLMES.
L'AIGUILLE CREUSE.
LES CONFIDENCES D'ARSÈNE LUPIN.
LE BOUCHON DE CRISTAL.
LA DEMOISELLE AUX YEUX VERTS.
LA COMTESSE DE CAGLIOSTRO.
LES HUIT COUPS DE L'HORLOGE.
LA BARRE-Y-VA.
LE TRIANGLE D'OR.
L'ÎLE AUX TRENTE CERCUEILS.
LES DENTS DU TIGRE.
LA DEMEURE MYSTÉRIEUSE.
L'ÉCLAT D'OBUS.
L'AGENCE BARNETT ET Cie.
VICTOR, DE LA BRIGADE MONDAINE.
LA FEMME AUX DEUX SOURIRES.
LA CAGLIOSTRO SE VENGE.
LES TROIS YEUX.
LE FORMIDABLE ÉVÉNEMENT.
DOROTHÉE, DANSEUSE DE CORDE.
LA VIE EXTRAVAGANTE DE BALTHAZAR.
L'ARRESTATION D'ARSÈNE LUPIN.
« 813 » : LES TROIS CRIMES D'ARSÈNE LUPIN

MAURICE LEBLANC

« *813* »

La Double Vie d'Arsène Lupin

LE LIVRE DE POCHE

© 1966, Librairie Générale Française et Claude Leblanc.

LE MASSACRE

I

M. Kesselbach s'arrêta net au seuil du salon, prit le bras de son secrétaire, et murmura d'une voix inquiète :

« Chapman, *on* a encore pénétré ici.

— Voyons, voyons, monsieur, protesta le secrétaire, vous venez vous-même d'ouvrir la porte de l'antichambre, et, pendant que nous déjeunions au restaurant, la clef n'a pas quitté votre poche.

— Chapman, *on* a encore pénétré ici », répéta M. Kesselbach.

Il montra un sac de voyage qui se trouvait sur la cheminée.

« Tenez, la preuve est faite. Ce sac était fermé. Il ne l'est plus. »

Chapman objecta :

« Etes-vous bien sûr de l'avoir fermé, monsieur ? D'ailleurs, ce sac ne contient que des bibelots sans valeur, des objets de toilette...

— Il ne contient que cela parce que j'en ai retiré mon portefeuille avant de sortir, par précaution... sans quoi... Non, je vous le dis, Chapman, *on* a pénétré ici pendant que nous déjeunions. »

Au mur, il y avait un appareil téléphonique. Il décrocha le récepteur.

« Allô... C'est pour M. Kesselbach... l'appartement 415... C'est cela... mademoiselle, veuillez demander la Préfecture de police... Service de la Sûreté... Vous n'avez pas besoin du numéro, n'est-ce pas ? Bien... merci... J'attends à l'appareil. »

Une minute après, il reprenait :

« Allô ? allô ? Je voudrais dire quelques mots à M. Lenormand, le chef de la Sûreté. C'est de la part de M. Kesselbach... Allô ? Mais oui, M. le chef de la Sûreté sait de quoi il s'agit. C'est avec son autorisation que je téléphone... Ah ! il n'est pas là... A qui ai-je l'honneur de parler ? M. Gourel, inspecteur de police... Mais il me semble, monsieur Gourel, que vous assistiez, hier, à mon entrevue avec M. Lenormand... Eh bien, monsieur, le même fait s'est reproduit aujourd'hui. On a pénétré dans l'appartement que j'occupe. Et si vous veniez dès maintenant, vous pourriez peut-être découvrir, d'après les indices... D'ici une heure ou deux ? Parfaitement. Vous n'aurez qu'à vous faire indiquer l'appartement 415. Encore une fois, merci ! »

De passage à Paris, Rudolf Kesselbach, le roi du diamant, comme on l'appelait — ou, selon son autre surnom, le Maître du Cap —, le multimillionnaire Rudolf Kesselbach (on estimait sa fortune à plus de cent millions), occupait depuis une semaine, au quatrième étage du Palace Hôtel, l'appartement 415, composé de trois pièces, dont les deux plus grandes à droite, le salon et la chambre principale, avaient vue sur l'avenue, et dont l'autre, à gauche, qui servait au secrétaire Chapman, prenait jour sur la rue de Judée.

A la suite de cette chambre, cinq pièces étaient retenues pour Mme Kesselbach, qui devait quitter Monte-Carlo, où elle se trouvait actuellement, et rejoindre son mari au premier signal de celui-ci.

Durant quelques minutes, Rudolf Kesselbach se promena d'un air soucieux. C'était un homme de haute taille, coloré de visage, jeune encore, auquel des yeux rêveurs, dont on apercevait le bleu tendre à travers des lunettes d'or, donnaient une expression de douceur et de timidité, qui contrastait avec l'énergie du front carré et de la mâchoire osseuse.

Il alla vers la fenêtre : elle était fermée. Du reste, comment aurait-on pu s'introduire par là ? Le balcon particulier qui entourait l'appartement s'interrompait à droite ; et, à gauche, il était séparé par un refend de pierre des balcons de la rue de Judée.

Il passa dans sa chambre : elle n'avait aucune communication avec les pièces voisines. Il passa dans la chambre de son secrétaire : la porte qui s'ouvrait sur les cinq pièces réservées à Mme Kesselbach était close, et le verrou poussé.

« Je n'y comprends rien, Chapman, voilà plusieurs fois que je constate ici des choses... des choses étranges, vous l'avouerez. Hier, c'était ma canne qu'on a dérangée... Avant-hier, on a certainement touché à mes papiers... et cependant comment serait-il possible ?

— C'est impossible, monsieur, s'écria Chapman, dont la placide figure d'honnête homme ne s'animait d'aucune inquiétude. Vous supposez, voilà tout... vous n'avez aucune preuve... rien que des impressions... Et puis quoi ! on ne peut pénétrer dans cet appartement que par l'antichambre. Or, vous avez fait faire une clef spéciale le jour de votre arrivée, et il n'y a que votre domestique Edwards qui en possède le double. Vous avez confiance en lui ?

— Parbleu !... depuis dix ans qu'il est à mon service... Mais Edwards déjeune en même temps que nous, et c'est un tort. A l'avenir, il ne devra descendre qu'après notre retour. »

Chapman haussa légèrement les épaules. Décidément, le Maître du Cap devenait quelque peu bizarre avec ses craintes inexpliquées. Quel risque court-on dans un hôtel, alors surtout qu'on ne garde sur soi ou près de soi aucune valeur, aucune somme d'argent importante ?

Ils entendirent la porte du vestibule qui s'ouvrait. C'était Edwards.

M. Kesselbach l'appela.

« Vous êtes en livrée, Edwards ? Ah ! bien ! Je n'attends pas de visite aujourd'hui, Edwards... ou plutôt si, une visite, celle de M. Gourel. D'ici là, restez dans le vestibule et surveillez la porte. Nous avons à travailler sérieusement, M. Chapman et moi. »

Le travail sérieux dura quelques instants pendant lesquels M. Kesselbach examina son courrier, parcourut trois ou quatre lettres et indiqua les réponses qu'il fallait faire. Mais soudain Chapman, qui attendait, la plume levée, s'aperçut que M. Kesselbach pensait à autre chose qu'à son courrier.

Il tenait entre ses doigts, et regardait attentivement, une épingle noire recourbée en forme d'hameçon.

« Chapman, fit-il, voyez ce que j'ai trouvé sur la table. Il est évident que cela signifie quelque chose, cette épingle recourbée. Voilà une preuve, une pièce à conviction. Et vous ne pouvez plus prétendre qu'on n'ait pas pénétré dans ce salon. Car enfin, cette épingle n'est pas venue là toute seule.

— Certes non, répondit le secrétaire, elle y est venue grâce à moi.

— Comment ?

— Oui, c'est une épingle qui fixait ma cravate à mon col. Je l'ai retirée hier soir tandis que vous lisiez, et l'ai tordue machinalement. »

M. Kesselbach se leva, très vexé, fit quelques pas, et s'arrêtant :

« Vous riez sans doute, Chapman... et vous avez raison... Je ne le conteste pas, je suis plutôt... excentrique, depuis mon dernier voyage au Cap. C'est que... voilà... vous ne savez pas ce qu'il y a de nouveau dans ma vie... un projet formidable... une chose énorme... que je ne vois encore que dans les brouillards de l'avenir, mais qui se dessine pourtant... et qui sera colossale... Ah ! Chapman, vous ne pouvez pas imaginer. L'argent, je m'en moque, j'en ai... j'en ai trop... Mais cela, c'est davantage, c'est la puissance, la force, l'autorité. Si la réalité est conforme à ce que je pressens, je ne serai plus seulement le Maître du Cap, mais le maître aussi d'autres royaumes... Rudolf Kesselbach, le fils du chaudronnier d'Augsbourg, marchera de pair avec bien des gens qui jusqu'ici le traitaient de haut... Il aura même le pas sur eux, Chapman, il aura le pas sur eux, soyez-en certain... et si jamais... »

Il s'interrompit, regarda Chapman comme s'il regrettait d'en avoir trop dit, et cependant, entraîné par son élan, il conclut :

« Vous comprenez, Chapman, les raisons de mon inquiétude... Il y a là, dans le cerveau, une idée qui vaut cher... et cette idée, on la soupçonne peut-être... et l'on m'épie... j'en ai la conviction... »

Une sonnerie retentit.

« Le téléphone, dit Chapman...

— Est-ce que, par hasard, murmura M. Kesselbach, ce serait... »

Il prit l'appareil.

« Allô ?... De la part de qui ? Le colonel ?... Ah ! Eh bien, oui, c'est moi... Il y a du nouveau ?... Parfait... Alors je vous attends... Vous viendrez avec vos hommes ? Parfait... Allô ! Non, nous ne serons pas dérangés... je vais donner les ordres nécessaires... C'est donc si grave ?... Je vous répète que la consigne sera formelle... mon secrétaire et mon domestique garderont la porte, et personne n'entrera. Vous connaissez le chemin, n'est-ce pas ? Par conséquent, ne perdez pas une minute. »

Il raccrocha le récepteur, et aussitôt :

« Chapman, deux messieurs vont venir... Oui, deux messieurs... Edwards les introduira...

— Mais... M. Gourel... le brigadier...

— Il arrivera plus tard... dans une heure... Et puis, quand même, ils peuvent se rencontrer. Donc, dites à Edwards d'aller dès maintenant au bureau et de prévenir. Je n'y suis pour personne... sauf pour deux messieurs, le Colonel et son ami, et pour M. Gourel. Qu'on inscrive les noms. »

Chapman exécuta l'ordre. Quand il revint, il trouva M. Kesselbach qui tenait à la main une enveloppe, ou plutôt une petite pochette de maroquin noir, vide sans doute, à en juger par l'apparence. Il semblait hésiter, comme s'il ne savait qu'en faire. Allait-il la mettre dans sa poche ou la déposer ailleurs ?

Enfin, il s'approcha de la cheminée et jeta l'enveloppe de cuir dans son sac de voyage.

« Finissons le courrier, Chapman. Nous avons dix minutes. Ah ! une lettre de Mme Kesselbach. Comment se fait-il que vous ne me l'ayez pas signalée, Chapman ? Vous n'aviez donc pas reconnu l'écriture ? »

Il ne cachait pas l'émotion qu'il éprouvait à toucher et à contempler cette feuille de papier que sa femme avait tenue entre ses doigts, et où elle avait mis un peu de sa pensée secrète. Il en respira le parfum, et, l'ayant décachetée, lentement il la lut, à mi-voix, par bribes que Chapman entendait :

« Un peu lasse... je ne quitte pas la chambre... je m'ennuie... quand pourrai-je vous rejoindre ? Votre télégramme sera le bienvenu...

— Vous avez télégraphié ce matin, Chapman ? Ainsi donc Mme Kesselbach sera ici demain mercredi. »

Il paraissait tout joyeux, comme si le poids de ses affaires se trouvait subitement allégé, et qu'il fût délivré de toute inquiétude. Il se frotta les mains et respira largement, en homme fort, certain de réussir, en homme heureux, qui possédait le bonheur et qui était de taille à se défendre.

« On sonne, Chapman, on a sonné au vestibule. Allez voir. »

Mais Edwards entra et dit :

« Deux messieurs demandent monsieur. Ce sont les personnes...

— Je sais. Elles sont là, dans l'antichambre ?
— Oui, monsieur.
— Refermez la porte de l'antichambre, et n'ouvrez plus... sauf à M. Gourel, brigadier de la Sûreté. Vous, Chapman, allez chercher ces messieurs, et dites-leur que je voudrais d'abord parler au colonel, au colonel seul. »

Edwards et Chapman sortirent, en ramenant sur eux la porte du salon. Rudolf Kesselbach se dirigea vers la fenêtre et appuya son front contre la vitre.

Dehors, tout au-dessous de lui, les voitures et les automobiles roulaient dans les sillons parallèles, que marquait la double ligne des refuges. Un clair soleil de printemps faisait étinceler les cuivres et les vernis. Aux arbres un peu de verdure s'épanouissait, et les bourgeons des marronniers commençaient à déplier leurs petites feuilles naissantes.

« Que diable fait Chapman ? murmura Kesselbach... Depuis le temps qu'il parlemente !... »

Il prit une cigarette sur la table, puis, l'ayant allumée, il tira quelques bouffées. Un léger cri lui échappa. Près de lui, debout, se tenait un homme qu'il ne connaissait point.

Il recula d'un pas.
« Qui êtes-vous ? »
L'homme — c'était un individu correctement habillé, plutôt élégant, noir de cheveux et de moustache, les yeux durs — l'homme ricana :
« Qui je suis ? Mais, le colonel...
— Mais non, mais non, celui que j'appelle ainsi, celui qui m'écrit sous cette signature... de convention... ce n'est pas vous.
— Si, si... l'autre n'était que... Mais, voyez-vous, mon cher monsieur, tout cela n'a aucune importance. L'essentiel c'est que moi, je sois... moi. Et je vous jure que je le suis.
— Mais enfin, monsieur, votre nom ?
— Le colonel... jusqu'à nouvel ordre. »

Une peur croissante envahissait M. Kesselbach. Qui était cet homme ? Que lui voulait-il ?

Il appela :

« Chapman !

— Quelle drôle d'idée d'appeler ! Ma société ne vous suffit pas ?

— Chapman ! répéta M. Kesselbach. Chapman ! Edwards !

— Chapman ! Edwards ! dit à son tour l'inconnu. Que faites-vous donc, mes amis ? On vous réclame.

— Monsieur, je vous prie, je vous ordonne de me laisser passer.

— Mais, mon cher monsieur, qui vous en empêche ? »

Il s'effaça poliment. M. Kesselbach s'avança vers la porte, l'ouvrit, et brusquement sauta en arrière. Devant cette porte il y avait un autre homme, le pistolet au poing.

Il balbutia :

« Edwards... Chap... »

Il n'acheva pas. Il avait aperçu dans un coin de l'antichambre, étendus l'un près de l'autre, bâillonnés et ficelés, son secrétaire et son domestique.

M. Kesselbach, malgré sa nature inquiète, impressionnable, était brave, et le sentiment d'un danger précis, au lieu de l'abattre, lui rendait tout son ressort et toute son énergie.

Doucement, tout en simulant l'effroi, la stupeur, il recula vers la cheminée et s'appuya contre le mur. Son doigt cherchait la sonnerie électrique. Il trouva et pressa le bouton longuement.

« Et après ? » fit l'inconnu.

Sans répondre, M. Kesselbach continua d'appuyer.

« Et après ? Vous espérez qu'on va venir, que tout l'hôtel est en rumeur parce que vous pressez ce bouton ?... Mais, mon pauvre monsieur, retournez-vous donc, et vous verrez que le fil est coupé. »

M. Kesselbach se retourna vivement, comme s'il voulait se rendre compte, mais, d'un geste rapide, il s'empara du sac de voyage, plongea la main, saisit un revolver, le braqua sur l'homme et tira.

« Bigre ! fit celui-ci, vous chargez donc vos armes avec de l'air et du silence ? »

Une seconde fois le chien claqua, puis une troisième. Aucune détonation ne se produisit.

« Encore trois coups, roi du Cap. Je ne serai content que quand j'aurai six balles dans la peau. Comment ! vous y renoncez ? Dommage... le carton s'annonçait bien. »

Il agrippa une chaise par le dossier, la fit tournoyer, s'assit à califourchon, et montrant un fauteuil à M. Kesselbach :

« Prenez donc la peine de vous asseoir, cher monsieur, et faites ici comme chez vous. Une cigarette ? Pour moi, non. Je préfère les cigares. »

Il y avait une boîte sur la table. Il choisit un Upman blond et bien façonné, l'alluma et, s'inclinant :

« Je vous remercie. Ce cigare est délicieux. Et maintenant, causons, voulez-vous ? »

Rudolf Kesselbach écoutait avec stupéfaction. Quel était cet étrange personnage ? A le voir si paisible cependant, et si loquace, il se rassurait peu à peu et commençait à croire que la situation pourrait se dénouer sans violence ni brutalité. Il tira de sa poche un portefeuille, le déplia, exhiba un paquet respectable de bank-notes et demanda :

« Combien ? »

L'autre le regarda d'un air ahuri, comme s'il avait de la peine à comprendre. Puis au bout d'un instant, appela :

« Marco ! »

L'homme au revolver s'avança.

« Marco, monsieur a la gentillesse de t'offrir ces quelques chiffons pour ta bonne amie. Accepte, Marco. »

Tout en braquant son revolver de la main droite,

Marco tendit la main gauche, reçut les billets et se retira.

« Cette question réglée selon votre désir, reprit l'inconnu, venons au but de ma visite. Je serai bref et précis. Je veux deux choses. D'abord une petite enveloppe en maroquin noir, que vous portez généralement sur vous. Ensuite, une cassette d'ébène qui, hier encore, se trouvait dans le sac de voyage. Procédons par ordre. L'enveloppe de maroquin ?

— Brûlée. »

L'inconnu fronça le sourcil. Il dut avoir la vision des bonnes époques où il y avait des moyens péremptoires de faire parler ceux qui s'y refusent.

« Soit. Nous verrons ça. Et la cassette d'ébène ?

— Brûlée.

— Ah ! gronda-t-il, vous vous payez ma tête, mon brave homme. »

Il lui tordit le bras d'une façon implacable.

« Hier, Rudolf Kesselbach, hier, vous êtes entré au Crédit Lyonnais, sur le boulevard des Italiens, en dissimulant un paquet sous votre pardessus. Vous avez loué un coffre-fort... Précisons : le coffre numéro 16, travée 9. Après avoir signé et payé, vous êtes descendu dans les sous-sols, et, quand vous êtes remonté, vous n'aviez plus votre paquet. Est-ce exact ?

— Absolument.

— Donc, la cassette et l'enveloppe sont au Crédit Lyonnais.

— Non.

— Donnez-moi la clef de votre coffre.

— Non.

— Marco ! »

Marco accourut.

« Vas-y, Marco. Le quadruple nœud. »

Avant même qu'il eût le temps de se mettre sur la défensive, Rudolf Kesselbach fut enserré dans un jeu de cordes qui lui meurtrirent les chairs dès qu'il voulut se débattre. Ses bras furent immobilisés derrière son dos, son buste attaché au fauteuil et ses jambes entourées de bandelettes comme les jambes d'une momie.

« Fouille, Marco. »

Marco fouilla. Deux minutes après, il remettait à son chef une petite clef plate, nickelée, qui portait les numéros 16 et 9.

« Parfait. Pas d'enveloppe de maroquin ?

— Non, patron.

— Elle est dans le coffre. Monsieur Kesselbach, veuillez me dire le chiffre secret.

— Non.

— Vous refusez ?

— Oui.

— Marco ?

— Patron ?

— Applique le canon de ton revolver sur la tempe de monsieur.

— Ça y est.

— Appuie ton doigt sur la détente.

— Voilà.

— Eh bien, mon vieux Kesselbach, es-tu décidé à parler ?

— Non.

— Tu as dix secondes, pas une de plus. Marco ?

— Patron ?

— Dans dix secondes tu feras sauter la cervelle de monsieur.

— Entendu.

— Kesselbach, je compte : Une, deux, trois, quatre, cinq, six... »

Rudolf Kesselbach fit un signe.

« Tu veux parler ?

— Oui.

— Il était temps. Alors, le chiffre... le mot de la serrure ?...

— Dolor.

— Dolor... Douleur... Mme Kesselbach ne s'appellet-elle pas Dolorès ? Chéri, va... Marco, tu vas faire ce qui est convenu... Pas d'erreur, hein ? Je répète... Tu vas rejoindre Jérôme au bureau où tu sais, tu lui remettras la clef et tu lui diras le mot d'ordre : Dolor. Vous irez ensemble au Crédit Lyonnais. Jérôme entrera seul, signera le registre d'identité, descendra dans les caves, et emportera tout ce qui se trouve dans le coffre-fort. Compris ?

— Oui, patron. Mais si par hasard le coffre n'ouvre pas, si le mot « Dolor »...

— Silence, Marco. Au sortir du Crédit Lyonnais, tu lâcheras Jérôme, tu rentreras chez toi, et tu me téléphoneras le résultat de l'opération. Si par hasard le mot « Dolor » n'ouvre pas le coffre, nous aurons, mon ami Kesselbach et moi, un petit entretien suprême. Kesselbach, tu es sûr de ne t'être point trompé ?

— Oui.

— C'est qu'alors tu escomptes la nullité de la perquisition. Nous verrons ça. File, Marco.

— Mais vous, patron ?

— Moi, je reste. Oh ! ne crains rien. Je n'ai jamais couru aussi peu de danger. N'est-ce pas, Kesselbach, la consigne est formelle ?

— Oui.

— Diable, tu me dis ça d'un air bien empressé. Est-ce que tu aurais cherché à gagner du temps ? Alors je serais pris au piège, comme un idiot ?... »

Il réfléchit, regarda son prisonnier et conclut :

« Non... ce n'est pas possible... nous ne serons pas dérangés... »

Il n'avait pas achevé ce mot que la sonnerie du vestibule retentit. Violemment il appliqua sa main sur la bouche de Rudolf Kesselbach.

« Ah ! vieux renard, tu attendais quelqu'un ! »

Les yeux du captif brillaient d'espoir.

On l'entendit ricaner, sous la main qui l'étouffait.

L'homme tressaillit de rage.

« Tais-toi... sinon, je t'étrangle. Tiens, Marco, bâillonne-le. Fais vite... Bien. »

On sonna de nouveau. Il cria, comme s'il était, lui, Rudolf Kesselbach, et qu'Edwards fût encore là :

« Ouvrez donc, Edwards. »

Puis il passa doucement dans le vestibule, et, à voix basse, désignant le secrétaire et le domestique :

« Marco, aide-moi à pousser ça dans la chambre... là... de manière qu'on ne puisse les voir. »

Il enleva le secrétaire, Marco emporta le domestique.

« Bien, maintenant retourne au salon. »

Il le suivit, et aussitôt, repassant une seconde fois dans le vestibule, il prononça très haut d'un air étonné :

« Mais votre domestique n'est pas là, monsieur Kesselbach... non, ne vous dérangez pas... finissez votre lettre... J'y vais moi-même. »

Et tranquillement il ouvrit la porte d'entrée.

« M. Kesselbach ? » lui demanda-t-on.

Il se trouvait en face d'une sorte de colosse, à la large figure réjouie, aux yeux vifs, qui se dandinait d'une jambe sur l'autre et tortillait entre ses mains les rebords de son chapeau. Il répondit :

« Parfaitement, c'est ici. Qui dois-je annoncer ?

— M. Kesselbach a téléphoné... il m'attend...

— Ah ! c'est vous... je vais prévenir... voulez-vous patienter une minute ?... M. Kesselbach va vous parler. »

Il eut l'audace de laisser le visiteur sur le seuil de l'antichambre, à un endroit d'où l'on pouvait apercevoir, par la porte ouverte, une partie du salon. Et lentement, sans même se retourner, il rentra, rejoignit son complice auprès de M. Kesselbach, et lui dit :

« Nous sommes fichus. C'est Gourel, de la Sûreté... »

L'autre empoigna son couteau. Il lui saisit le bras :

« Pas de bêtises, hein ! J'ai une idée. Mais, pour Dieu, comprends-moi bien, Marco, et parle à ton tour... Parle *comme si tu étais Kesselbach*... Tu entends, Marco, tu es Kesselbach. »

Il s'exprimait avec un tel sang-froid et une autorité si violente que Marco comprit, sans plus d'explication, qu'il devait jouer le rôle de Kesselbach, et prononça, de façon à être entendu :

« Vous m'excuserez, mon cher. Dites à M. Gourel que je suis désolé, mais que j'ai à faire par-dessus la tête... Je le recevrai demain matin à neuf heures, oui, à neuf heures exactement.

— Bien, souffla l'autre, ne bouge plus. »

Il revint dans l'antichambre. Gourel attendait. Il lui dit :

« M. Kesselbach s'excuse. Il achève un travail important. Vous est-il possible de venir demain matin, à neuf heures ? »

Il y eut un silence. Gourel semblait surpris et vaguement inquiet. Au fond de sa poche, le poing de l'homme se crispa. Un geste équivoque, et il frappait.

Enfin, Gourel dit :

« Soit... A demain neuf heures... mais tout de même... Eh bien, oui, neuf heures, je serai là... »

Et, remettant son chapeau, il s'éloigna par les couloirs de l'hôtel.

Marco, dans le salon, éclata de rire.

« Rudement fort, le patron. Ah ! ce que vous l'avez roulé !

— Débrouille-toi, Marco, tu vas le filer. S'il sort de l'hôtel, lâche-le, retrouve Jérôme, comme c'est convenu... et téléphone. »

Marco s'en alla rapidement.

Alors l'homme saisit une carafe sur la cheminée, se versa un grand verre d'eau qu'il avala d'un trait, mouilla son mouchoir, baigna son front que la sueur couvrait, puis s'assit auprès de son prisonnier, et lui dit avec une affectation de politesse :

« Il faut pourtant bien, monsieur Kesselbach, que j'aie l'honneur de me présenter à vous. »

Et, tirant une carte de sa poche, il prononça :

« Arsène Lupin, gentleman-cambrioleur. »

II

Le nom du célèbre aventurier sembla faire sur M. Kesselbach la meilleure impression. Lupin ne manqua pas de le remarquer et s'écria :

« Ah ! ah ! cher monsieur, vous respirez ! Arsène Lupin est un cambrioleur délicat, le sang lui répugne, il n'a jamais commis d'autre crime que de s'approprier le bien d'autrui... une peccadille, quoi ! et vous vous dites qu'il ne va pas se charger la conscience d'un assassinat inutile. D'accord... Mais votre suppression sera-t-elle inutile ? Tout est là. En ce moment, je vous jure que je ne rigole pas. Allons-y, camarade. »

Il rapprocha sa chaise du fauteuil, relâcha le bâillon de son prisonnier, et, nettement :

« Monsieur Kesselbach, le jour même de ton arrivée à Paris, tu entrais en relation avec le nommé Barbareux, directeur d'une agence de renseignements confidentiels, et, comme tu agissais à l'insu de ton secrétaire Chapman, le sieur Barbareux, quand il communiquait avec toi, par lettre ou par téléphone, s'appelait « le Colonel ». Je me hâte de te dire que Barbareux est le plus honnête homme du monde. Mais j'ai la chance de compter un de ses employés parmi mes meilleurs amis. C'est ainsi que j'ai su le motif de ta démarche auprès de Barbareux, et c'est ainsi que j'ai été amené à m'occuper de toi, et à te rendre, grâce à de fausses clefs, quelques visites domiciliaires... au cours desquelles, hélas ! je n'ai pas trouvé ce que je voulais. »

Il baissa la voix, et, les yeux dans les yeux de son prisonnier, scrutant son regard, cherchant sa pensée obscure, il articula :

« Monsieur Kesselbach, tu as chargé Barbareux de découvrir dans les bas-fonds de Paris un homme qui porte, ou a porté, le nom de Pierre Leduc, et dont voici le signalement sommaire : taille, un mètre soixante-quinze, blond, moustaches. Signe particulier : à la suite d'une blessure, l'extrémité du petit doigt de la main gauche a été coupée. En outre, une cicatrice presque effacée à la joue droite. Tu sembles attacher à la découverte de cet homme une importance énorme, comme s'il pouvait en résulter pour toi des avantages considérables. Qui est cet homme ?

— Je ne sais pas. »

La réponse fut catégorique, absolue. Savait-il ou ne savait-il pas ? Peu importait. L'essentiel, c'est qu'il était décidé à ne point parler.

« Soit, fit son adversaire, mais tu as sur lui des renseignements plus détaillés que ceux que tu as fournis à Barbareux ?

— Aucun.

— Tu mens, monsieur Kesselbach. Deux fois, devant Barbareux, tu as consulté des papiers enfermés dans l'enveloppe de maroquin.

— En effet.

— Alors, cette enveloppe ?

— Brûlée. »

Lupin tressaillit de rage. Evidemment, l'idée de la torture et des commodités qu'elle offrait traversa de nouveau son cerveau.

« Brûlée ? mais la cassette... avoue donc... avoue donc qu'elle est au Crédit Lyonnais ?

— Oui.

— Et qu'est-ce qu'elle contient ?

— Les deux cents plus beaux diamants de ma collection particulière. »

Cette affirmation ne sembla pas déplaire à l'aventurier.

« Ah ! ah ! les deux cents plus beaux diamants ! Mais dis donc, c'est une fortune... Oui, ça te fait sourire... Pour toi, c'est une bagatelle. Et ton secret vaut mieux que ça... Pour toi, oui, mais pour moi ?... »

Il prit un cigare, alluma une allumette qu'il laissa éteindre machinalement et resta quelque temps pensif, immobile.

Les minutes passaient.

Il se mit à rire.

« Tu espères bien que l'expédition ratera, et qu'on n'ouvrira pas le coffre ? Possible, mon vieux. Mais alors il faudra me payer mon dérangement. Je ne suis pas venu ici pour voir la tête que tu fais sur un fauteuil... Les diamants, puisque diamants il y a... Sinon, l'enveloppe de maroquin... Le dilemme est posé... »

Il consulta sa montre.

« Une demi-heure... Bigre !... Le destin se fait tirer l'oreille... Mais ne rigole donc pas, monsieur Kesselbach. Foi d'honnête homme, je ne rentrerai pas bredouille... Enfin ! »

C'était la sonnerie du téléphone. Lupin s'empara vivement du récepteur, et changeant le timbre de sa voix, imitant les intonations rudes de son prisonnier :

« Oui, c'est moi, Rudolf Kesselbach... Ah ! bien, mademoiselle, mettez-moi en communication... C'est toi, Marco ?... Parfait... Ça s'est bien passé ?... A la bonne heure... Pas d'accrocs ?... Compliments, l'enfant... Alors qu'est-ce qu'on a ramassé ? La cassette d'ébène... Pas autre chose ? aucun papier ?... Tiens, tiens !... Et dans la cassette ?... Sont-ils beaux, ces diamants ?... Parfait... parfait... Une minute, Marco, que je réfléchisse... tout ça, vois-tu... si je te disais mon opinion... Tiens, ne bouge pas... reste à l'appareil... »

Il se retourna :

« Monsieur Kesselbach, tu y tiens, à tes diamants ?

— Oui.

— Tu me les rachèterais ?

— Peut-être.

— Combien ? Cinq cent mille ?

— Cinq cent mille... oui...

— Seulement, voilà le hic... Comment se fera l'échange ? Un chèque ? Non, tu me roulerais... ou bien je te roulerais... Ecoute, après-demain matin, passe au Lyonnais, prends tes cinq cents billets et va te promener au Bois, près d'Auteuil... moi, j'aurai les diamants... dans un sac, c'est plus commode... la cassette se voit trop...

— Non... non... la cassette... je veux tout...

— Ah ! fit Lupin, éclatant de rire... tu es tombé dans le panneau... Les diamants, tu t'en fiches... ça se remplace... Mais la cassette, tu y tiens comme à ta peau... Eh bien, tu l'auras, ta cassette... foi d'Arsène... tu l'auras, demain matin par colis postal ! »

Il reprit le téléphone.

« Marco, tu as la boîte sous les yeux ?... Qu'est-ce qu'elle a de particulier ? De l'ébène, incrusté d'ivoire... oui, je connais ça... style japonais faubourg Saint-Antoine... Pas de marque ? Ah ! une petite étiquette ronde, bordée de bleu, et portant un numéro... oui, une indication commerciale... aucune importance. Et le dessous de la boîte, est-il épais ?... Bigre ! pas de double fond, alors... Dis donc, Marco, examine les incrustations d'ivoire sur le dessus... ou plutôt, non, le couvercle. »

Il exulta de joie.

« Le couvercle ! c'est ça, Marco ! Kesselbach a cligné de l'œil... Nous brûlons !... Ah ! mon vieux Kesselbach, tu ne voyais donc pas que je te guignais. Fichu maladroit ! »

Et, revenant à Marco :

« Eh bien, où en es-tu ? Une glace à l'intérieur du

couvercle ?... Est-ce qu'elle glisse ?... Y a-t-il des rainures ? Non... eh bien, casse-la... Mais oui, je te dis de la casser... Cette glace n'a aucune raison d'être... elle a été rajoutée. »

Il s'impatienta :

« Mais, imbécile, ne te mêle pas de ce qui ne te regarde pas... Obéis... »

Il dut entendre le bruit que Marco faisait, au bout du fil, pour briser le miroir, car il s'écria, triomphalement :

« Qu'est-ce que je te disais, monsieur Kesselbach, que la chasse serait bonne ?... Allô ? Ça y est ? Eh bien ?... Une lettre ? Victoire ! Tous les diamants du Cap et le secret du bonhomme ! »

Il décrocha le second récepteur, appliqua soigneusement les deux plaques sur ses oreilles, et reprit :

« Lis, Marco, lis doucement... l'enveloppe d'abord... Bon... Maintenant, répète. »

Lui-même répéta :

« Copie de la lettre contenue dans la pochette de maroquin noir. »

« Et après ? Déchire l'enveloppe, Marco. Vous permettez, monsieur Kesselbach ? Ça n'est pas très correct, mais enfin... Vas-y, Marco, M. Kesselbach t'y autorise. Ça y est ? Eh bien, lis. »

Il écouta, puis ricanant :

« Fichtre ! ce n'est pas aveuglant. Voyons, je résume. Une simple feuille de papier pliée en quatre et dont les plis paraissent tout neufs... Bien... En haut et à droite de cette feuille, ces mots : *un mètre soixante-quinze, petit doigt gauche coupé*, etc. Oui, c'est le signalement du sieur Pierre Leduc. De l'écriture de Kesselbach, n'est-ce pas ?... Bien... Et au milieu de la feuille ce mot, en lettres capitales d'imprimerie :

APOON

« Marco, mon petit, tu vas laisser le papier tranquille, tu ne toucheras pas à la cassette ni aux diamants. Dans dix minutes j'en aurai fini avec mon bonhomme. Dans vingt minutes je te rejoins... Ah ! à propos, tu m'as envoyé l'auto ? Parfait. A tout à l'heure. »

Il remit l'appareil en place, passa dans le vestibule, puis dans la chambre, s'assura que le secrétaire et le domestique n'avaient pas desserré leurs liens et que, d'autre part, ils ne risquaient pas d'être étouffés par leurs bâillons, et il revint vers son prisonnier.

Il avait une expression résolue, implacable.

« Fini de rire, Kesselbach. Si tu ne parles pas, tant pis pour toi. Es-tu décidé ?

— A quoi ?

— Pas de bêtises. Dis ce que tu sais.

— Je ne sais rien.

— Tu mens. Que signifie ce mot Apoon ?

— Si je le savais, je ne l'aurais pas inscrit.

— Soit, mais à qui, à quoi se rapporte-t-il ? Où l'as-tu copié ? D'où cela te vient-il ? »

M. Kesselbach ne répondit pas.

Lupin reprit, plus nerveux, plus saccadé :

« Ecoute, Kesselbach, je vais te faire une proposition. Si riche, si gros monsieur que tu sois, il n'y a pas entre toi et moi tant de différence. Le fils du chaudronnier d'Augsbourg et Arsène Lupin, prince des cambrioleurs, peuvent s'accorder sans honte ni pour l'un ni pour l'autre. Moi, je vole en appartement ; toi, tu voles en Bourse. Tout ça, c'est kifkif. Donc, voilà, Kesselbach. Associons-nous pour cette affaire. J'ai besoin de toi puisque je l'ignore. Tu as besoin de moi parce que, tout seul, tu n'en sortiras pas. Barbareux est un niais. Moi, je suis Lupin. Ça colle ? »

Un silence. Lupin insista, d'une voix qui tremblait :

« Réponds, Kesselbach, ça colle ? Si oui, en quarante-huit heures, je te le retrouve, ton Pierre

Leduc. Car il s'agit bien de lui, hein ? C'est ça, l'affaire ? Mais réponds donc ! Qu'est-ce que c'est que cet individu ? Pourquoi le cherches-tu ? Que sais-tu de lui ? Je veux savoir. »

Il se calma subitement, posa sa main sur l'épaule de l'Allemand et, d'un ton sec :

« Un mot seulement. Oui... ou non ?

— Non. »

Il tira du gousset de Kesselbach un magnifique chronomètre en or et le plaça sur les genoux du prisonnier.

Il déboutonna le gilet de Kesselbach, écarta la chemise, découvrit la poitrine, et, saisissant un stylet d'acier, à manche niellé d'or, qui se trouvait près de lui, sur la table, il en appliqua la pointe à l'endroit où les battements du cœur faisaient palpiter la chair nue.

« Une dernière fois ?

— Non.

— Monsieur Kesselbach, il est trois heures moins huit. Si dans huit minutes vous n'avez pas répondu, vous êtes mort. »

III

Le lendemain matin, à l'heure exacte qui lui avait été fixée, le brigadier Gourel se présenta au Palace Hôtel. Sans s'arrêter, et dédaigneux de l'ascenseur, il monta les escaliers. Au quatrième étage il tourna à droite, suivit le couloir, et vint sonner à la porte du 415.

Aucun bruit ne se faisant entendre, il recommença. Après une demi-douzaine de tentatives infructueuses, il se dirigea vers le bureau de l'étage. Un maître d'hôtel s'y trouvait.

« M. Kesselbach, s'il vous plaît ? Voilà dix fois que je sonne.

— M. Kesselbach n'a pas couché là. Nous ne l'avons pas vu depuis hier après-midi.

— Mais son domestique, son secrétaire ?

— Nous ne les avons pas vus non plus.

— Alors, eux non plus, n'auraient pas couché à l'hôtel ?

— Sans doute.

— Sans doute ! Mais vous devriez avoir une certitude.

— Pourquoi ? M. Kesselbach n'est pas à l'hôtel ici, il est chez lui, dans son appartement particulier. Son service n'est pas fait par nous, mais par son domestique, et nous ne savons rien de ce qui se passe chez lui.

— En effet... en effet... »

Gourel semblait fort embarrassé. Il était venu avec des ordres formels, une mission précise, dans les limites de laquelle son intelligence pouvait s'exercer. En dehors de ces limites, il ne savait trop comment agir.

« Si le chef était là... murmura-t-il, si le chef était là... »

Il montra sa carte et déclina ses titres. Puis il demanda, à tout hasard :

« Donc, vous ne les avez pas vus rentrer ?
— Non.
— Mais vous les avez vus sortir ?
— Non plus.
— En ce cas, comment savez-vous qu'ils sont sortis ?
— Par un monsieur qui est venu hier après-midi au 415.
— Un monsieur à moustaches brunes ?
— Oui. Je l'ai rencontré comme il s'en allait vers trois heures. Il m'a dit : « Les personnes du 415 viennent de sortir. M. Kesselbach couchera ce soir à Versailles, aux Réservoirs, où vous pouvez lui envoyer son courrier. »
— Mais quel était ce monsieur ? A quel titre parlait-il ?
— Je l'ignore. »

Gourel était inquiet. Tout cela lui paraissait assez bizarre.

« Vous avez la clef ?
— Non. M. Kesselbach avait fait faire des clefs spéciales.
— Allons voir. »

Gourel sonna de nouveau furieusement. Rien. Il se disposait à partir quand soudain il se baissa et appliqua vivement son oreille contre le trou de la serrure.

« Ecoutez... on dirait... mais oui... c'est très net... des plaintes... des gémissements... »

Il donna dans la porte un véritable coup de poing.

« Mais, monsieur, vous n'avez pas le droit...

— Je n'ai pas le droit ! »

Il frappait à coups redoublés, mais si vainement qu'il y renonça aussitôt.

« Vite, vite, un serrurier. »

Un des garçons d'hôtel s'éloigna en courant. Gourel allait de droite et de gauche, bruyant et indécis. Les domestiques des autres étages formaient des groupes. Les gens du bureau, de la direction, arrivaient. Gourel s'écria :

« Mais pourquoi n'entrerait-on pas par les chambres contiguës ? Elles communiquent avec l'appartement ?

— Oui, mais les portes de communication sont toujours verrouillées des deux côtés.

— Alors, je téléphone à la Sûreté, dit Gourel, pour qui, visiblement, il n'existait point de salut en dehors de son chef.

— Et au commissariat, observa-t-on.

— Oui, si ça vous plaît », répondit-il du ton d'un monsieur que cette formalité intéresse peu.

Quand il revint du téléphone, le serrurier achevait d'essayer ses clefs. La dernière fit jouer la serrure. Gourel entra vivement.

Aussitôt il courut à l'endroit d'où venaient les plaintes, et se heurta aux deux corps du secrétaire Chapman et du domestique Edwards. L'un d'eux, Chapman, à force de patience, avait réussi à détendre un peu son bâillon, et poussait de petits grognements sourds. L'autre semblait dormir.

On les délivra. Gourel s'inquiétait.

« Et M. Kesselbach ? »

Il passa dans le salon. M. Kesselbach était assis et attaché au dossier du fauteuil, près de la table. Sa tête était inclinée sur sa poitrine.

« Il est évanoui, dit Gourel en s'approchant de lui. Il a dû faire des efforts qui l'ont exténué. »

Rapidement, il coupa les cordes qui liaient les épaules. D'un bloc, le buste s'écroula en avant. Gourel l'empoigna à bras-le-corps, et recula en poussant un cri d'effroi :

« Mais il est mort ! Tâtez... les mains sont glacées, et regardez les yeux ! »

Quelqu'un hasarda :

« Une congestion, sans doute... ou une rupture d'anévrisme.

— En effet, il n'y a pas de trace de blessure... c'est une mort naturelle. »

On étendit le cadavre sur le canapé, et l'on défit ses vêtements. Mais, tout de suite, sur la chemise blanche, des taches rouges apparurent, et, dès qu'on l'eut écartée, on s'aperçut que, à l'endroit du cœur, la poitrine était trouée d'une petite fente par où coulait un mince filet de sang.

Et sur la chemise était épinglée une carte.

Gourel se pencha. C'était la carte d'Arsène Lupin, toute sanglante elle aussi.

Alors Gourel se redressa, autoritaire et brusque :

« Un crime !... Arsène Lupin !... Sortez... Sortez tous... Que personne ne reste dans ce salon ni dans la chambre... Qu'on transporte et qu'on soigne ces messieurs dans une autre pièce !... Sortez tous... Et qu'on ne touche à rien... *Le chef va venir !* »

IV

Arsène Lupin !

Gourel répétait ces deux mots fatidiques d'un air absolument pétrifié. Ils résonnaient en lui comme un glas. Arsène Lupin ! le bandit-roi ! l'aventurier suprême ! Voyons, était-ce possible ?

« Mais non, mais non, murmura-t-il, ce n'est pas possible, *puisqu'il est mort !* »

Seulement, voilà... était-il réellement mort ?

Arsène Lupin !

Debout, près du cadavre, il demeurait stupide, abasourdi, tournant et retournant la carte avec une certaine crainte, comme s'il venait de recevoir la provocation d'un fantôme. Arsène Lupin ! Qu'allait-il faire ? Agir ? Engager la bataille avec ses propres ressources ?... Non, non... il valait mieux ne pas agir... Les fautes étaient inévitables s'il relevait le défi d'un tel adversaire. Et puis le chef n'allait-il pas venir ?

Le chef va venir ! Toute la psychologie de Gourel se résumait dans cette petite phrase. Habile et persévérant, plein de courage et d'expérience, d'une force herculéenne, il était de ceux qui ne vont de l'avant que lorsqu'ils sont dirigés et qui n'accomplissent de bonne besogne que lorsqu'elle leur est commandée.

Combien ce manque d'initiative s'était aggravé depuis que M. Lenormand avait pris la place de M. Dudouis au service de la Sûreté ! Celui-là était un chef, M. Lenormand ! Avec celui-là, on était sûr de marcher dans la bonne voie ! Si sûr même que Gourel s'arrêtait dès que l'impulsion du chef ne lui était plus donnée.

Mais le chef allait venir ! Sur sa montre, Gourel calculait l'heure exacte de cette arrivée. Pourvu que le commissaire de police ne le précédât point et que le juge d'instruction, déjà désigné sans doute, ou le médecin légiste, ne vinssent pas faire d'inopportunes constatations avant que le chef n'eût eu le temps de fixer dans son esprit les points essentiels de l'affaire !

« Eh bien, Gourel, à quoi rêves-tu ?
— Le chef ! »

M. Lenormand était un homme encore jeune, si l'on considérait l'expression même de son visage, ses yeux qui brillaient sous ses lunettes ; mais c'était presque un vieillard si l'on notait son dos voûté, sa peau sèche et comme jaunie à la cire, sa barbe et ses cheveux grisonnants, toute son apparence brisée, hésitante, maladive.

Il avait péniblement passé sa vie aux colonies, comme commissaire du gouvernement, dans les postes les plus périlleux. Il y avait gagné des fièvres, une énergie indomptable malgré sa déchéance physique, l'habitude de vivre seul, de parler peu et d'agir en silence, une certaine misanthropie et, soudain, vers cinquante-cinq ans, à la suite de la fameuse affaire des trois Espagnols de Biskra, la grande, la juste notoriété. On réparait alors l'injustice, et, d'emblée, on le nommait à Bordeaux, puis sous-chef à Paris, puis, à la mort de M. Dudouis, chef de la Sûreté. Et, en chacun de ces postes, il avait montré une invention si curieuse dans les procédés, de telles ressources, des qualités si neuves, si originales, et surtout il avait abouti à des résultats si précis dans la conduite des quatre ou cinq derniers scandales qui avaient passionné l'opinion publique qu'on opposait son nom à celui des plus illustres policiers. Gourel, lui, n'hésita pas. Favori du chef, qui l'aimait pour sa candeur et pour son obéissance passive, il mettait M. Lenormand au-dessus de tous. C'était l'idole, le dieu qui ne se trompe pas.

M. Lenormand, ce jour-là, semblait particulièrement fatigué. Il s'assit avec lassitude, écarta les pans de sa redingote, une vieille redingote célèbre par sa coupe surannée et par sa couleur olive, dénoua son foulard, un foulard marron également fameux, et murmura : « Parle. »

Gourel raconta tout ce qu'il avait vu et tout ce qu'il avait appris, et il le raconta sommairement, selon l'habitude que le chef lui avait imposée.

Mais quand il exhiba la carte de Lupin, M. Lenormand tressaillit.

« Lupin ! s'écria-t-il.

— Oui, Lupin, le voilà revenu sur l'eau, cet animal-là.

— Tant mieux, tant mieux, fit M. Lenormand après un instant de réflexion.

— Evidemment, tant mieux, reprit Gourel, qui se plaisait à commenter les rares paroles d'un supérieur auquel il ne reprochait que d'être trop peu loquace, tant mieux, car vous allez enfin vous mesurer avec un adversaire digne de vous... Et Lupin trouvera son maître... Lupin n'existera pas... Lupin...

— Cherche », fit M. Lenormand, lui coupant la parole.

On eût dit l'ordre d'un chasseur à son chien. Et, de fait, ce fut à la manière d'un bon chien, vif, intelligent, fureteur, que chercha Gourel sous les yeux de son maître. Du bout de sa canne, M. Lenormand désignait tel coin, tel fauteuil, comme on désigne un buisson ou une touffe d'herbe avec une conscience minutieuse.

« Rien, conclut le brigadier.

— Rien pour toi, grogna M. Lenormand.

— C'est ce que je voulais dire... Je sais que pour vous, il y a des choses qui parlent comme des personnes, de vrais témoins. N'empêche que voilà un crime bel et bien établi à l'actif du sieur Lupin.

— Le premier, observa M. Lenormand.

— Le premier, en effet... Mais c'était inévitable. On ne mène pas cette vie-là, sans, un jour ou l'autre, être acculé au crime par les circonstances. M. Kesselbach se sera défendu...

— Non, puisqu'il était attaché.

— En effet, avoua Gourel déconcerté, et c'est même fort curieux... Pourquoi tuer un adversaire qui n'existe déjà plus ?... Mais n'importe, si je lui avais mis la main au collet, hier, quand nous nous sommes trouvés l'un en face de l'autre, au seuil du vestibule... »

M. Lenormand avait passé sur le balcon. Puis il visita la chambre de M. Kesselbach, à droite, vérifia la fermeture des fenêtres et des portes.

« Les fenêtres de ces deux pièces étaient fermées quand je suis entré, affirma Gourel.

— Fermées ou poussées ?

— Personne n'y a touché. Or, elles sont fermées, chef... »

Un bruit de voix les ramena au salon. Ils y trouvèrent le médecin légiste, en train d'examiner le cadavre, et M. Formerie, juge d'instruction.

Et M. Formerie s'exclamait :

« Arsène Lupin ! Enfin, je suis heureux qu'un hasard bienveillant me remette en face de ce bandit ! Le gaillard verra de quel bois je me chauffe !... Et cette fois il s'agit d'un assassin !... A nous deux, maître Lupin ! »

M. Formerie n'avait pas oublié l'étrange aventure du diadème de la princesse de Lamballe [1] et l'admirable façon dont Lupin l'avait roulé, quelques années auparavant. La chose était restée célèbre dans les annales du Palais. On en riait encore, et M. Forme-

---

1. Voir *Arsène Lupin,* pièce.

rie, lui, en conservait un juste sentiment de rancune et le désir de prendre une revanche éclatante.

« Le crime est évident, prononça-t-il de son air le plus convaincu, le mobile nous sera facile à découvrir. Allons, tout va bien... Monsieur Lenormand, je vous salue... et je suis enchanté... »

M. Formerie n'était nullement enchanté. La présence de M. Lenormand lui agréait au contraire fort peu, le chef de la Sûreté ne dissimulant guère le mépris où il le tenait. Pourtant il se redressa, et toujours solennel :

« Alors, docteur, vous estimez que la mort remonte à une douzaine d'heures environ, peut-être davantage ?... C'est ce que je suppose... nous sommes tout à fait d'accord... Et l'instrument du crime ?

— Un couteau à lame très fine, monsieur le juge d'instruction, répondit le médecin... Tenez, on a essuyé la lame avec le mouchoir même du mort...

— En effet... en effet... la trace est visible... Et maintenant nous allons interroger le secrétaire et le domestique de M. Kesselbach. Je ne doute pas que leur interrogatoire ne nous fournisse quelque lumière. »

Chapman, que l'on avait transporté dans sa propre chambre, à gauche du salon, ainsi qu'Edwards, était déjà remis de ses épreuves. Il exposa par le menu les événements de la veille, les inquiétudes de M. Kesselbach, la visite annoncée du soi-disant colonel, et enfin raconta l'agression dont ils avaient été victimes.

« Ah ! ah ! s'écria M. Formerie, il y a un complice ! et vous avez entendu son nom... Marco, dites-vous... Ceci est très important. Quand nous tiendrons le complice, la besogne sera avancée...

— Oui, mais nous ne le tenons pas, risqua M. Lenormand.

— Nous allons voir... chaque chose à son temps. Et alors, monsieur Chapman, ce Marco est parti aussitôt après le coup de sonnette de M. Gourel ?

— Oui, nous l'avons entendu partir.

— Et après ce départ vous n'avez plus rien entendu ?

— Si... de temps à autre, mais vaguement... La porte était close.

— Et quelle sorte de bruit ?

— Des éclats de voix. L'individu...

— Appelez-le par son nom, Arsène Lupin.

— Arsène Lupin a dû téléphoner.

— Parfait ! Nous interrogerons la personne de l'hôtel qui est chargée du service des communications avec la ville. Et plus tard, vous l'avez entendu sortir, lui aussi ?

— Il a constaté que nous étions toujours bien attachés, et, un quart d'heure après, il partait en refermant sur lui la porte du vestibule.

— Oui, aussitôt son forfait accompli. Parfait... Parfait... Tout s'enchaîne... Et après ?...

— Après, nous n'avons plus rien entendu... la nuit s'est passée... la fatigue m'a assoupi... Edwards également... et ce n'est que ce matin...

— Oui... je sais... Allons, ça ne va pas mal... tout s'enchaîne... »

Et, marquant les étapes de son enquête, du ton dont il aurait marqué autant de victoires sur l'inconnu, il murmura pensivement :

« Le complice... le téléphone... l'heure du crime... les bruits perçus... Bien... Très bien... il nous reste à fixer le mobile du crime. En l'espèce, comme il s'agit de Lupin, le mobile est clair. Monsieur Lenormand, vous n'avez pas remarqué la moindre trace d'effraction ?

— Aucune.

— C'est qu'alors le vol aura été effectué sur la personne même de la victime. A-t-on retrouvé son portefeuille ?

— Je l'ai laissé dans la poche de la jaquette », dit Gourel.

Ils passèrent tous dans le salon, où M. Formerie

constata que le portefeuille ne contenait que des cartes de visite et des papiers d'identité.

« C'est bizarre. Monsieur Chapman, vous ne pourriez pas nous dire si M. Kesselbach avait sur lui une somme d'argent ?

— Oui ; la veille, c'est-à-dire avant-hier lundi, nous sommes allés au Crédit Lyonnais, où M. Kesselbach a loué un coffre...

— Un coffre au Crédit Lyonnais ? Bien... il faudra voir de ce côté.

— Et, avant de partir, M. Kesselbach s'est fait ouvrir un compte, et il a emporté cinq ou six mille francs en billets de banque.

— Parfait... nous sommes éclairés. »

Chapman reprit :

« Il y a un autre point, monsieur le juge d'instruction. M. Kesselbach, qui depuis quelques jours était très inquiet — je vous en ai dit la cause... un projet auquel il attachait une importance extrême — M. Kesselbach semblait tenir particulièrement à deux choses : d'abord une cassette d'ébène, et cette cassette il l'a mise en sûreté au Crédit Lyonnais, et ensuite une petite enveloppe de maroquin noir où il avait enfermé quelques papiers.

— Et cette enveloppe ?

— Avant l'arrivée de Lupin, il l'a déposée devant moi dans ce sac de voyage. »

M. Formerie prit le sac et fouilla. L'enveloppe ne s'y trouvait pas. Il se frotta les mains.

« Allons, tout s'enchaîne... Nous connaissons le coupable, les conditions et le mobile du crime. Cette affaire-là ne traînera pas. Nous sommes bien d'accord sur tout, monsieur Lenormand ?

— Sur rien. »

Il y eut un instant de stupéfaction. Le commissaire de police était arrivé et, derrière lui, malgré les agents qui gardaient la porte, la troupe des journalistes et le personnel de l'hôtel avaient forcé l'entrée et stationnaient dans l'antichambre.

Si notoire que fût la rudesse du bonhomme, rudesse qui n'allait pas sans quelque grossièreté et qui lui avait déjà valu certaines semonces en haut lieu, la brusquerie de la réponse déconcerta. Et M. Formerie, tout spécialement, parut interloqué.

« Pourtant, dit-il, je ne vois rien là que de très simple : Lupin est le voleur...

— Pourquoi a-t-il tué ? lui jeta M. Lenormand.

— Pour voler.

— Pardon, le récit des témoins prouve que le vol a eu lieu avant l'assassinat. M. Kesselbach a d'abord été ligoté et bâillonné, puis volé. Pourquoi Lupin, qui jusqu'ici n'a jamais commis de crime, aurait-il tué un homme réduit à l'impuissance et déjà dépouillé ? »

Le juge d'instruction caressa ses longs favoris blonds d'un geste qui lui était familier quand une question lui paraissait insoluble. Il répondit d'un ton pensif :

« Il y a à cela plusieurs réponses...

— Lesquelles ?

— Cela dépend... cela dépend d'un tas d'éléments encore inconnus... Et puis, d'ailleurs, l'objection ne vaut que pour la nature des motifs. Pour le reste, nous sommes d'accord.

— Non. »

Cette fois encore, ce fut net, coupant, presque impoli, au point que le juge, tout à fait désemparé, n'osa même pas protester et qu'il resta interdit devant cet étrange collaborateur. A la fin il articula :

« Chacun son système. Je serais curieux de connaître le vôtre.

— Je n'en ai pas. »

Le chef de la Sûreté se leva et fit quelques pas à travers le salon en s'appuyant sur sa canne. Autour de lui, on se taisait... et c'était assez curieux de voir ce vieil homme malingre et cassé dominer les autres par la force d'une autorité que l'on subissait sans l'accepter encore.

Après un long silence, il prononça :
« Je voudrais visiter les pièces qui touchent à cet appartement. »

Le directeur lui montra le plan de l'hôtel. La chambre de droite, celle de M. Kesselbach, n'avait point d'autre issue que le vestibule même de l'appartement. Mais la chambre de gauche, celle du secrétaire, communiquait avec une autre pièce.

Il dit :
« Visitons-la. »

M. Formerie ne put s'empêcher de hausser les épaules et de bougonner :
« Mais la porte de communication est verrouillée et la fenêtre close.

— Visitons-la », répéta M. Lenormand.

On le conduisit dans cette pièce qui était la première des cinq chambres réservées à Mme Kesselbach. Puis, sur sa prière, on le conduisit dans les chambres qui suivaient. Toutes les portes de communication étaient verrouillées des deux côtés.

Il demanda :
« Aucune de ces pièces n'est occupée ?
— Aucune.
— Les clefs ?
— Les clefs sont toujours au bureau.
— Alors, personne ne pouvait s'introduire ?...
— Personne, sauf le garçon d'étage chargé d'aérer et d'épousseter.
— Faites-le venir. »

Le domestique, un nommé Gustave Beudot, répondit que la veille, selon sa consigne, il avait fermé les fenêtres des cinq chambres.

« A quelle heure ?
— A six heures du soir.
— Et vous n'avez rien remarqué ?
— Non, rien.

— Et ce matin ?

— Ce matin, j'ai ouvert les fenêtres, sur le coup de huit heures.

— Et vous n'avez rien trouvé ?

— Non... rien... Ah ! cependant... »

Il hésitait. On le pressa de questions, et il finit par avouer :

« Eh bien, j'ai ramassé, près de la cheminée du 420, un étui à cigarettes... que je me proposais de porter ce soir au bureau.

— Vous l'avez sur vous ?

— Non, il est dans ma chambre. C'est un étui en acier bruni. D'un côté, on met du tabac et du papier à cigarettes, de l'autre des allumettes. Il y a deux initiales en or... un L et un M.

— Que dites-vous ? »

C'était Chapman qui s'était avancé. Il semblait très surpris, et, interpellant le domestique :

« Un étui en acier bruni, dites-vous ?

— Oui.

— Avec trois compartiments pour le tabac, le papier et les allumettes... du tabac russe, n'est-ce pas, fin, blond ?...

— Oui.

— Allez le chercher... Je voudrais voir... me rendre compte moi-même... »

Sur un signe du chef de la Sûreté, Gustave Beudot s'éloigna. M. Lenormand s'était assis, et, de son regard aigu, il examinait le tapis, les meubles, les rideaux. Il s'informa :

« Nous sommes bien au 420, ici ?

— Oui. »

Le juge ricana.

« Je voudrais bien savoir quel rapport vous établissez entre cet incident et le drame. Cinq portes fermées nous séparent de la pièce où Kesselbach a été assassiné. »

M. Lenormand ne daigna pas répondre.

Du temps passa. Gustave ne revenait pas.

« Où couche-t-il, monsieur le directeur ? demanda le chef.

— Au sixième, sur la rue de Judée, donc, au-dessus de nous. Il est curieux qu'il ne soit pas encore là.

— Voulez-vous avoir l'obligeance d'envoyer quelqu'un ? »

Le directeur s'y rendit lui-même, accompagné de Chapman. Quelques minutes après, il revenait seul, en courant, les traits bouleversés.

« Eh bien ?

— Mort...

— Assassiné ?

— Oui.

— Ah ! tonnerre, ils sont de force, les misérables ! proféra M. Lenormand. Au galop, Gourel, qu'on ferme les portes de l'hôtel... Veille aux issues... Et vous, monsieur le directeur, conduisez-nous dans la chambre de Gustave Beudot. »

Le directeur sortit. Mais, au moment de quitter la chambre, M. Lenormand se baissa et ramassa une toute petite rondelle de papier sur laquelle ses yeux s'étaient déjà fixés.

C'était une étiquette encadrée de bleu. Elle portait le chiffre 813. A tout hasard, il la mit dans son portefeuille et rejoignit les autres personnes.

V

Une fine blessure au dos, entre les deux omoplates... Le médecin déclara :

« Exactement la même blessure que M. Kesselbach.

— Oui, fit M. Lenormand, c'est la même main qui a frappé, et c'est la même arme qui a servi. »

D'après la position du cadavre, l'homme avait été surpris à genoux devant son lit, et cherchant sous son matelas l'étui à cigarettes qu'il y avait caché. Le bras était encore engagé entre le matelas et le sommier, mais on ne trouva pas l'étui.

« Il fallait que cet objet fût diablement compromettant, insinua M. Formerie, qui n'osait plus avancer une opinion trop précise.

— Parbleu ! fit le chef de la Sûreté.

— Mais on connaît les initiales, un L et un M, et avec cela, d'après ce que M. Chapman a l'air de savoir, nous serons facilement renseignés. »

M. Lenormand sursauta :

« Chapman ! Où est-il ? »

On regarda dans le couloir parmi les groupes de gens qui s'y entassaient. Chapman n'était pas là.

« M. Chapman m'avait accompagné, fit le directeur.

— Oui, oui, je sais, mais il n'est pas redescendu avec vous.

— Non, je l'avais laissé près du cadavre.

— Vous l'avez laissé !... Seul ?

— Je lui ai dit : « Restez, ne bougez pas. »

— Et il n'y avait personne ? Vous n'avez vu personne ?

— Dans le couloir, non.

— Mais dans les mansardes voisines... ou bien, tenez, après ce tournant... personne ne se cachait là ? »

M. Lenormand semblait très agité. Il allait, il venait, il ouvrait la porte des chambres. Et soudain il partit en courant, avec une agilité dont on ne l'aurait pas cru capable.

Il dégringola les six étages, suivi de loin par le directeur et par le juge d'instruction. En bas, il retrouva Gourel devant la grand-porte.

« Personne n'est sorti ?

— Personne.

— A l'autre porte, rue Orvieto ?

— J'ai mis Dieuzy de planton.

— Avec des ordres formels ?

— Oui, chef. »

Dans le vaste hall de l'hôtel, la foule des voyageurs se pressait avec inquiétude, commentant les versions plus ou moins exactes qui lui parvenaient sur le crime étrange. Tous les domestiques, convoqués par téléphone, arrivaient un à un. M. Lenormand les interrogeait aussitôt.

Aucun d'eux ne put donner le moindre renseignement. Mais une bonne du cinquième étage se présenta. Dix minutes auparavant, peut-être, elle avait croisé deux messieurs qui descendaient l'escalier de service entre le cinquième et le quatrième étage.

« Ils descendaient très vite. Le premier tenait l'autre par la main. Ça m'a étonnée de voir ces deux messieurs dans l'escalier de service.

— Vous pourriez les reconnaître ?

— Le premier, non. Il a tourné la tête. C'est un mince, blond. Il avait un chapeau mou, noir... et des vêtements noirs.

— Et l'autre ?

— Ah ! l'autre, c'est un Anglais, avec une grosse figure toute rasée et des vêtements à carreaux. Il avait la tête nue. »

Le signalement se rapportait en toute évidence à Chapman. La femme ajouta :

« Il avait un air... un air tout drôle... comme s'il était fou. »

L'affirmation de Gourel ne suffit pas à M. Lenormand. Il questionnait tour à tour les grooms qui stationnaient aux deux portes.

« Vous connaissez M. Chapman ?

— Oui, monsieur, il causait toujours avec nous.

— Et vous ne l'avez pas vu sortir ?

— Pour ça, non. Il n'est pas sorti ce matin. »

M. Lenormand se retourna vers le commissaire de police :

« Combien avez-vous d'hommes, monsieur le commissaire ?

— Quatre.

— Ce n'est pas suffisant. Téléphonez à votre secrétaire qu'il vous expédie tous les hommes disponibles. Et veuillez organiser vous-même la surveillance la plus étroite à toutes les issues. L'état de siège, monsieur le commissaire...

— Mais enfin, protesta le directeur, mes clients...

— Je me fiche de vos clients, monsieur. Mon devoir passe avant tout et mon devoir est d'arrêter, coûte que coûte...

— Vous croyez donc ?... hasarda le juge d'instruction.

— Je ne crois pas, monsieur... je suis sûr que l'auteur du double assassinat se trouve encore dans l'hôtel.

— Mais alors, Chapman...

— A l'heure qu'il est, je ne puis répondre que Chapman soit encore vivant. En tout cas, c'est une question de minutes, de secondes... Gourel, prends deux hommes et fouille toutes les chambres du quatrième étage... Monsieur le directeur, un de vos employés les accompagnera. Pour les autres étages, je marcherai quand nous aurons du renfort. Allons, Gourel, en chasse, et ouvre l'œil... C'est du gros gibier. »

Gourel et ses hommes se hâtèrent. M. Lenormand, lui, resta dans le hall et près des bureaux de l'hôtel. Cette fois, il ne pensait pas à s'asseoir, selon son habitude. Il marchait de l'entrée principale à l'entrée de la rue Orvieto, et revenait à son point de départ.

De temps à autre, il ordonnait :

« Monsieur le directeur, qu'on surveille les cuisines, on pourrait s'échapper par là... Monsieur le directeur, dites à votre demoiselle de téléphone qu'elle n'accorde la communication à aucune des personnes de l'hôtel qui voudraient téléphoner avec la ville. Si on lui téléphone de la ville, qu'elle mette en communication avec la personne demandée, mais alors qu'elle prenne note du nom de la personne. Monsieur le directeur, faites dresser la liste de vos clients dont le nom commence par un L ou par un M. »

Il disait tout cela à haute voix, en général d'armée qui jette à ses lieutenants des ordres dont dépendra l'issue de la bataille.

Et c'était vraiment une bataille implacable et terrible que celle qui se jouait dans le cadre élégant d'un palace parisien, entre le puissant personnage qu'est un chef de la Sûreté et ce mystérieux individu poursuivi, traqué, presque captif déjà, mais si formidable de ruse et de sauvagerie.

L'angoisse étreignait les spectateurs, tous groupés au centre du hall, silencieux et pantelants, secoués de peur au moindre bruit, obsédés par l'image infernale de l'assassin. Où se cachait-il ? Allait-il apparaître ? N'était-il point parmi eux ?... celui-ci peut-être ?... ou cet autre ?...

Les nerfs étaient si tendus que, sous un coup de révolte, on eût forcé les portes et gagné la rue, si le maître n'avait pas été là, et sa présence avait quelque chose qui rassurait et qui calmait. On se sentait en sécurité, comme des passagers sur un navire que dirige un bon capitaine.

Et tous les regards se portaient vers ce vieux monsieur à lunettes et à cheveux gris, à redingote olive et à foulard marron, qui se promenait, le dos voûté, les jambes vacillantes.

Parfois accourait, envoyé par Gourel, un des garçons qui suivaient l'enquête du brigadier.

« Du nouveau ? demandait M. Lenormand.

— Rien, monsieur, on ne trouve rien. »

A deux reprises, le directeur essaya de faire fléchir la consigne. La situation était intolérable. Dans les bureaux, plusieurs voyageurs, appelés par leurs affaires ou sur le point de partir, protestaient.

« Je m'en fiche, répétait M. Lenormand.

— Mais je les connais tous.

— Tant mieux pour vous.

— Vous outrepassez vos droits.

— Je le sais.

— On vous donnera tort.

— J'en suis persuadé.

— M. le juge d'instruction lui-même.

— Que M. Formerie me laisse tranquille ! Il n'a pas mieux à faire que d'interroger les domestiques comme il s'y emploie actuellement. Pour le reste, ce n'est pas de l'instruction. C'est de la police. Ça me regarde. »

A ce moment une escouade d'agents fit irruption dans l'hôtel. Le chef de la Sûreté les répartit en plusieurs groupes qu'il envoya au troisième étage, puis, s'adressant au commissaire :

« Mon cher commissaire, je vous laisse la surveillance. Pas de faiblesses, je vous en conjure. Je prends la responsabilité de ce qui surviendra. »

Et, se dirigeant vers l'ascenseur, il se fit conduire au second étage.

La besogne n'était pas facile. Elle fut longue, car il fallait ouvrir les portes des soixante chambres, inspecter toutes les salles de bain, toutes les alcôves, tous les placards, tous les recoins. Elle fut aussi infructueuse. Une heure après, sur le coup de midi, M. Lenormand avait tout juste fini le second étage, les autres agents n'avaient pas terminé les étages supérieurs, et nulle découverte n'avait été faite.

M. Lenormand hésita : l'assassin était-il remonté vers les mansardes ?

Il se décidait cependant à descendre, quand on l'avertit que Mme Kesselbach venait d'arriver avec sa demoiselle de compagnie. Edwards, le vieux serviteur de confiance, avait accepté la tâche de lui apprendre la mort de M. Kesselbach.

M. Lenormand la trouva dans un des salons, terrassée, sans larmes, mais le visage tordu de douleur et le corps tout tremblant, comme agité par des frissons de fièvre.

C'était une femme assez grande, brune, dont les yeux noirs, d'une grande beauté, étaient chargés d'or, de petits points d'or, pareils à des paillettes qui brillent dans l'ombre. Son mari l'avait connue en Hollande où Dolorès était née d'une vieille famille d'origine espagnole : les Amonti. Tout de suite il l'avait aimée, et, depuis quatre ans, leur accord, fait de tendresse et de dévouement, ne s'était jamais démenti.

M. Lenormand se présenta. Elle le regarda sans répondre et il se tut, car elle n'avait pas l'air, dans sa stupeur, de comprendre ce qu'il disait.

Puis, tout à coup, elle se mit à pleurer abondamment et demanda qu'on la conduisît auprès de son mari.

Dans le hall, M. Lenormand trouva Gourel, qui le cherchait, et qui lui tendit précipitamment un chapeau qu'il tenait à la main.

« Patron, j'ai ramassé ça... Pas d'erreur sur la provenance, hein ? »

C'était un chapeau mou, un feutre noir. A l'intérieur, il n'y avait pas de coiffe, pas d'étiquette.

« Où l'as-tu ramassé ?
— Sur le palier de l'escalier de service, au second.
— Aux autres étages, rien ?
— Rien. Nous avons tout fouillé. Il n'y a plus que le premier. Et ce chapeau prouve que l'homme est descendu jusque-là. Nous brûlons, patron.
— Je le crois. »

Au bas de l'escalier, M. Lenormand s'arrêta.

« Rejoins le commissaire et donne-lui la consigne : deux hommes au bas de chacun des quatre escaliers, revolver au poing. Et qu'on tire s'il le faut. Comprends ceci, Gourel, si Chapman n'est pas sauvé, et si l'individu s'échappe, je saute. Voilà deux heures que je fais de la fantaisie. »

Il monta l'escalier. Au premier étage, il rencontra deux agents qui sortaient d'une chambre, conduits par un employé.

Le couloir était désert. Le personnel de l'hôtel n'osait s'y aventurer, et certains pensionnaires s'étaient enfermés à double tour dans leurs chambres, de sorte qu'il fallait frapper longtemps et se faire reconnaître avant que la porte s'ouvrît.

Plus loin, M. Lenormand aperçut un autre groupe d'agents qui visitaient l'office et, à l'extrémité du long couloir, il en aperçut d'autres encore qui approchaient du tournant, c'est-à-dire des chambres situées sur la rue de Judée.

Et, soudain, il entendit ceux-là qui poussaient des exclamations, et ils disparurent en courant. Il se hâta.

Les agents s'étaient arrêtés au milieu du couloir. A leurs pieds, barrant le passage, la face sur le tapis, gisait un corps.

M. Lenormand se pencha et saisit entre ses mains la tête inerte.

« Chapman, murmura-t-il... il est mort. »

Il l'examina. Un foulard de soie blanche, tricotée,

serrait le cou. Il le défit. Des taches rouges apparurent, et il constata que ce foulard maintenait, contre la nuque, un épais tampon d'ouate tout sanglant.

Cette fois encore, c'était la même petite blessure, nette, franche, impitoyable.

Tout de suite prévenus, M. Formerie et le commissaire accoururent.

« Personne n'est sorti ? demanda le chef. Aucune alerte ?

— Rien, fit le commissaire. Deux hommes sont en faction au bas de chaque escalier.

— Peut-être est-il remonté ? dit M. Formerie.

— Non !... Non !...

— Pourtant on l'aurait rencontré.

— Non... Tout cela est fait depuis plus longtemps. Les mains sont froides déjà... Le meurtre a dû être commis presque aussitôt après l'autre... dès le moment où les deux hommes sont arrivés ici par l'escalier de service.

— Mais on aurait vu le cadavre ! Pensez donc, depuis deux heures, cinquante personnes ont passé par là...

— Le cadavre n'était pas ici.

— Mais alors, où était-il ?

— Eh ! qu'est-ce que j'en sais ? riposta brusquement le chef de la Sûreté... Faites comme moi, cherchez !... Ce n'est pas avec des paroles que l'on trouve. »

De sa main nerveuse, il martelait avec rage le pommeau de sa canne, et il restait là, les yeux fixés au cadavre, silencieux et pensif. Enfin il prononça :

« Monsieur le commissaire, ayez l'obligeance de faire porter la victime dans une chambre vide. On appellera le médecin. Monsieur le directeur, voulez-vous m'ouvrir les portes de toutes les chambres de ce couloir. »

Il y avait à gauche trois chambres et deux salons qui composaient un appartement inoccupé, et que M. Lenormand visita. A droite, quatre chambres.

Deux étaient habitées par un M. Reverdat et un Italien, le baron Giacomici, tous deux sortis à cette heure-là. Dans la troisième chambre, on trouva une vieille demoiselle anglaise, encore couchée, et dans la quatrième un Anglais qui lisait et fumait paisiblement et que les bruits du corridor n'avaient pu distraire de sa lecture. Il s'appelait le major Parbury.

Perquisitions et interrogatoires, d'ailleurs, ne donnèrent aucun résultat. La vieille demoiselle n'avait rien entendu avant les exclamations des agents, ni bruit de lutte, ni cri d'agonie, ni querelle ; le major Parbury non plus.

En outre, on ne recueillit aucun indice équivoque, aucune trace de sang, rien qui laissât supposer que le malheureux Chapman eût passé par l'une de ces pièces.

« Bizarre, murmura le juge d'instruction... Tout cela est vraiment bizarre... »

Et il ajouta naïvement :

« Je comprends de moins en moins. Il y a là une série de circonstances qui m'échappent en partie. Qu'en pensez-vous, monsieur Lenormand ? »

M. Lenormand allait lui décocher sans doute une de ces ripostes aiguës par quoi se manifestait sa mauvaise humeur ordinaire, quand Gourel survint tout essoufflé.

« Chef... on a trouvé ça... en bas... dans le bureau de l'hôtel... sur une chaise... »

C'était un paquet de dimensions restreintes, noué dans une enveloppe de serge noire.

« On l'a ouvert ? demanda le chef.

— Oui, mais lorsqu'on a vu ce qu'il contenait, on a refait le paquet exactement comme il était... serré très fort, vous pouvez le voir.

— Dénoue ! »

Gourel enleva l'enveloppe et découvrit un pantalon et une veste en molleton noir, que l'on avait dû, les plis de l'étoffe l'attestaient, empiler hâtivement.

Au milieu, il y avait une serviette toute tachée de

sang, et que l'on avait plongée dans l'eau, sans doute, pour détruire la marque des mains qui s'y étaient essuyées.

Dans la serviette, un stylet d'acier, au manche incrusté d'or. Il était rouge de sang, du sang de trois hommes égorgés, en quelques heures, par une main invisible, parmi la foule des trois cents personnes qui allaient et venaient dans le vaste hôtel. Edwards, le domestique, reconnut aussitôt le stylet comme appartenant à M. Kesselbach. La veille encore, avant l'agression de Lupin, Edwards l'avait vu sur la table.

« Monsieur le directeur, fit le chef de la Sûreté, la consigne est levée. Gourel va donner l'ordre qu'on fasse les portes libres.

— Vous croyez donc que ce Lupin a pu sortir ? interrogea M. Formerie.

— Non. L'auteur du triple assassinat que nous venons de constater est dans l'hôtel, dans une des chambres, ou plutôt mêlé aux voyageurs qui sont dans le hall ou dans les salons. Pour moi, il habitait l'hôtel.

— Impossible ! Et puis, où aurait-il changé de vêtements ? et quels vêtements aurait-il maintenant ?

— Je l'ignore, mais j'affirme.

— Et vous lui livrez passage ? Mais il va s'en aller tout tranquillement, les mains dans ses poches.

— Celui des voyageurs qui s'en ira ainsi, sans ses bagages, et qui ne reviendra pas, sera le coupable. Monsieur le directeur, veuillez m'accompagner au bureau. Je voudrais étudier de près la liste de vos clients. »

Au bureau, M. Lenormand trouva quelques lettres à l'adresse de M. Kesselbach. Il les remit au juge d'instruction.

Il y avait aussi un colis que venait d'apporter le service des colis postaux parisiens. Comme le papier qui l'entourait était en partie déchiré, M. Lenormand put voir une cassette d'ébène sur laquelle était gravé le nom de Rudolf Kesselbach.

Il ouvrit. Outre les débris d'une glace dont on voyait encore l'emplacement à l'intérieur du couvercle, la cassette contenait la carte d'Arsène Lupin.

Mais un détail sembla frapper le chef de la Sûreté. A l'extérieur, sous la boîte, il y avait une petite étiquette bordée de bleu, pareille à l'étiquette ramassée dans la chambre du quatrième étage où l'on avait trouvé l'étui à cigarettes, *et cette étiquette portait également le chiffre 813.*

M. LENORMAND COMMENCE SES OPÉRATIONS

I

« Auguste, faites entrer M. Lenormand. »
L'huissier sortit et quelques secondes plus tard introduisit le chef de la Sûreté.

Il y avait, dans le vaste cabinet du ministère de la place Beauvau, trois personnes : le fameux Valenglay, leader du parti radical depuis trente ans, actuellement président du Conseil et ministre de l'Intérieur, M. Testard, procureur général, et le préfet de police Delaume.

Le préfet de police et le procureur général ne quittèrent pas les chaises où ils avaient pris place pendant la longue conversation qu'ils venaient d'avoir avec le président du Conseil, mais celui-ci se leva, et, serrant la main du chef de la Sûreté, lui dit du ton le plus cordial :

« Je ne doute pas, mon cher Lenormand, que vous ne sachiez la raison pour laquelle je vous ai prié de venir ?

— L'affaire Kesselbach ?

— Oui. »

L'affaire Kesselbach ! Il n'est personne qui ne se rappelle, non seulement cette tragique affaire Kesselbach dont j'ai entrepris de débrouiller l'écheveau complexe, mais encore les moindres péripéties du drame qui nous passionna tous, deux ans avant la guerre. Et personne non plus qui ne se souvienne de l'extraordinaire émotion qu'elle souleva en France et hors de France. Et cependant, plus encore que ce triple meurtre accompli dans des circonstances si mystérieuses, plus encore que l'atrocité détestable de cette boucherie, plus encore que tout, il est une chose qui bouleversa le public, ce fut la réapparition, on peut dire la résurrection d'Arsène Lupin.

Arsène Lupin ! Nul n'avait plus entendu parler de lui depuis quatre ans, depuis son incroyable, sa stupéfiante aventure de l'Aiguille creuse [1], depuis le jour où, sous les yeux de Herlock Sholmès et d'Isidore Beautrelet, il s'était enfui dans les ténèbres, emportant sur son dos le cadavre de celle qu'il aimait, et suivi de sa vieille nourrice, Victoire.

Depuis ce jour-là, généralement, on le croyait mort. C'était la version de la police, qui, ne retrouvant aucune trace de son adversaire, l'enterrait purement et simplement.

D'aucuns, pourtant, le supposant sauvé, lui attribuaient l'existence paisible d'un bon bourgeois, qui cultive son jardin entre son épouse et ses enfants ; tandis que d'autres prétendaient que, courbé sous le poids du chagrin, et las des vanités de ce monde, il s'était cloîtré dans un couvent de trappistes.

Et voilà qu'il surgissait de nouveau ! Voilà qu'il reprenait sa lutte sans merci contre la société ! Arsène Lupin redevenait Arsène Lupin, le fantaisiste, l'intangible, le déconcertant, l'audacieux, le génial Arsène Lupin.

Mais cette fois un cri d'horreur s'éleva. Arsène Lupin avait tué ! et la sauvagerie, la cruauté, le cynisme implacable du forfait étaient tels que, du coup, la légende du héros sympathique, de l'aventurier chevaleresque et, au besoin, sentimental, fit place à une vision nouvelle de monstre inhumain, sanguinaire et féroce. La foule exécra et redouta son ancienne idole, avec d'autant plus de violence qu'elle

---

1. *L'Aiguille creuse*, Le Livre de Poche n° 1352.

l'avait admirée naguère pour sa grâce légère et sa bonne humeur amusante.

Et l'indignation de cette foule apeurée se tourna dès lors contre la police. Jadis, on avait ri. On pardonnait au commissaire rossé, pour la façon comique dont il se laissait rosser. Mais la plaisanterie avait trop duré, et, dans un élan de révolte et de fureur, on demandait compte à l'autorité des crimes inqualifiables qu'elle était impuissante à prévenir.

Ce fut, dans les journaux, dans les réunions publiques, dans la rue, à la tribune même de la Chambre, une telle explosion de colère que le gouvernement s'émut et chercha par tous les moyens à calmer la surexcitation publique.

Valenglay, le président du Conseil, avait précisément un goût très vif pour toutes les questions de police, et s'était plu souvent à suivre de près certaines affaires avec le chef de la Sûreté, dont il prisait les qualités et le caractère indépendant. Il convoqua dans son cabinet le préfet et le procureur général, avec lesquels il s'entretint, puis M. Lenormand.

« Oui, mon cher Lenormand, il s'agit de l'affaire Kesselbach. Mais avant d'en parler, j'attire votre attention sur un point... sur un point qui tracasse particulièrement M. le préfet de police. Monsieur Delaume, voulez-vous expliquer à M. Lenormand ?...

— Oh ! M. Lenormand sait parfaitement à quoi s'en tenir à ce sujet, répliqua le préfet d'un ton qui indiquait peu de bienveillance pour son subordonné ; nous en avons causé tous deux ; je lui ai dit ma façon de penser sur sa conduite incorrecte au Palace Hôtel. D'une façon générale, on est indigné. »

M. Lenormand se leva, sortit de sa poche un papier qu'il déposa sur la table.

« Qu'est ceci ? demanda Valenglay.

— Ma démission, monsieur le président. »

Valenglay bondit.

« Quoi ! Votre démission ? Pour une observation

bénigne que M. le préfet vous adresse et à laquelle il n'attribue d'ailleurs aucune espèce d'importance... n'est-ce pas, Delaume, aucune espèce d'importance ? Et voilà que vous prenez la mouche !... Vous avouerez, mon bon Lenormand, que vous avez un fichu caractère. Allons, rentrez-moi ce chiffon de papier et parlons sérieusement. »

Le chef de la Sûreté se rassit, et Valenglay, imposant le silence au préfet qui ne cachait pas son mécontentement, prononça :

« En deux mots, Lenormand, voici la chose : la rentrée en scène de Lupin nous embête. Assez longtemps cet animal-là s'est fichu de nous. C'était drôle, je le confesse, et, pour ma part, j'étais le premier à en rire. Il s'agit maintenant de crimes. Nous pouvions subir Arsène Lupin tant qu'il amusait la galerie. S'il tue, non.

— Et alors, monsieur le président, que me demandez-vous ?

— Ce que nous demandons ? Oh ! c'est bien simple. D'abord son arrestation... ensuite sa tête.

— Son arrestation, je puis vous la promettre pour un jour ou l'autre. Sa tête, non.

— Comment ! Si on l'arrête, c'est la cour d'assises, la condamnation inévitable... et l'échafaud.

— Non.

— Et pourquoi non ?

— Parce que Lupin n'a pas tué.

— Hein ? Mais vous êtes fou, Lenormand. Et les cadavres du Palace Hôtel, c'est une fable, peut-être ! Il n'y a pas eu triple assassinat ?

— Oui, mais ce n'est pas Lupin qui l'a commis. »

Le chef articula ces mots très posément, avec une tranquillité et une conviction impressionnantes.

Le procureur et le préfet protestèrent. Mais Valenglay reprit :

« Je suppose, Lenormand, que vous n'avancez pas cette hypothèse sans de sérieux motifs ?

— Ce n'est pas une hypothèse.

— La preuve ?

— Il en est deux, d'abord, deux preuves de nature morale, que j'ai sur-le-champ exposées à M. le juge d'instruction et que les journaux ont soulignées. Avant tout, Lupin ne tue pas. Ensuite, pourquoi aurait-il tué puisque le but de son expédition, le vol, était accompli, et qu'il n'avait rien à craindre d'un adversaire attaché et bâillonné ?

— Soit. Mais les faits ?

— Les faits ne valent pas contre la raison et la logique, et puis les faits sont encore pour moi. Que signifierait la présence de Lupin dans la chambre où l'on a trouvé l'étui à cigarettes ? D'autre part, les vêtements noirs que l'on a trouvés, et qui étaient évidemment ceux du meurtrier, ne concordent nullement, comme taille, avec ceux d'Arsène Lupin.

— Vous le connaissez donc, vous ?

— Moi, non. Mais Edwards l'a vu, Gourel l'a vu, et celui qu'ils ont vu n'est pas celui que la femme de chambre a vu dans l'escalier de service, entraînant Chapman par la main.

— Alors, votre système ?

— Vous voulez dire « la vérité », monsieur le président. La voici, ou du moins, ce que je sais de la vérité. Le mardi 16 avril, un individu... Lupin... a fait irruption dans la chambre de M. Kesselbach, vers deux heures de l'après-midi... »

Un éclat de rire interrompit M. Lenormand. C'était le préfet de police.

« Laissez-moi vous dire, monsieur Lenormand, que vous précisez avec une hâte un peu excessive. Il est prouvé que, à trois heures, ce jour-là, M. Kesselbach est entré au Crédit Lyonnais et qu'il est descendu dans la salle des coffres. Sa signature sur le registre en témoigne. »

M. Lenormand attendit respectueusement que son supérieur eût fini de parler. Puis, sans même se donner la peine de répondre directement à l'attaque, il continua :

« Vers deux heures de l'après-midi, Lupin, aidé d'un complice, un nommé Marco, a ligoté M. Kesselbach, l'a dépouillé de tout l'argent liquide qu'il avait sur lui, et l'a contraint à révéler le chiffre de son coffre du Crédit Lyonnais. Aussitôt le secret connu, Marco est parti. Il a rejoint un deuxième complice, lequel, profitant d'une certaine ressemblance avec M. Kesselbach — ressemblance, d'ailleurs, qu'il accentua ce jour-là en portant des habits semblables à ceux de M. Kesselbach, et en se munissant de lunettes d'or — entra au Crédit Lyonnais, imita la signature de M. Kesselbach, vida le coffre et s'en retourna, accompagné de Marco. Celui-ci, aussitôt, téléphona à Lupin. Lupin, sûr alors que M. Kesselbach ne l'avait pas trompé, et le but de son expédition étant rempli, s'en alla. »

Valenglay semblait hésitant.

« Oui... oui... admettons... Mais ce qui m'étonne, c'est qu'un homme comme Lupin ait risqué si gros pour un si piètre bénéfice... quelques billets de banque et le contenu, toujours hypothétique, d'un coffre-fort.

— Lupin convoitait davantage. Il voulait, ou bien l'enveloppe en maroquin qui se trouvait dans le sac de voyage, ou bien la cassette en ébène qui se trouvait dans le coffre-fort. Cette cassette, il l'a eue, puisqu'il l'a renvoyée vide. Donc, aujourd'hui, il connaît ou il est en voie de connaître le fameux projet que formait M. Kesselbach et dont il entretenait son secrétaire quelques instants avant sa mort.

— Quel est ce projet ?

— Je ne sais pas. Le directeur de l'agence Barbareux, auquel il s'en était ouvert, m'a dit que M. Kesselbach recherchait un individu, un déclassé, paraît-il, nommé Pierre Leduc. Pour quelle raison cette recherche ? Et par quels liens peut-on la rattacher à son projet ? Je ne saurais le dire.

— Soit, conclut Valenglay. Voilà pour Arsène Lupin. Son rôle est fini. M. Kesselbach est ligoté, dépouillé... mais vivant !... Que se passe-t-il jusqu'au moment où on le retrouve mort ?

— Rien, pendant des heures ; rien jusqu'à la nuit. Mais au cours de la nuit quelqu'un est entré.

— Par où ?

— Par la chambre 420, une des chambres qu'avait retenues M. Kesselbach. L'individu possédait évidemment une fausse clef.

— Mais, s'écria le préfet de police, entre cette chambre et l'appartement, toutes les portes étaient verrouillées et il y en a cinq !

— Restait le balcon.

— Le balcon !

— Oui, c'est le même pour tout l'étage, sur la rue de Judée.

— Et les séparations ?

— Un homme agile peut les franchir. Le nôtre les a franchies. J'ai relevé les traces.

— Mais toutes les fenêtres de l'appartement étaient closes, et on a constaté, après le crime, qu'elles l'étaient encore.

— Sauf une, celle du secrétaire Chapman, laquelle n'était que poussée, j'en ai fait l'épreuve moi-même. »

Cette fois le président du Conseil parut quelque peu ébranlé, tellement la version de M. Lenormand semblait logique, serrée, étayée de faits solides.

Il demanda avec un intérêt croissant :

« Mais cet homme, dans quel but venait-il ?

— Je ne sais pas.

— Ah ! vous ne savez pas...

— Non, pas plus que je ne sais son nom.

— Mais pour quelle raison a-t-il tué ?

— Je ne sais pas. Tout au plus a-t-on le droit de supposer qu'il n'était pas venu dans l'intention de tuer, mais dans l'intention, lui aussi, de prendre les documents contenus dans l'enveloppe de maroquin et dans la cassette, et que, placé par le hasard en face d'un ennemi réduit à l'impuissance, il l'a tué. »

Valenglay murmura :

« Cela se peut... oui, à la rigueur... Et, selon vous, trouva-t-il les documents ?

— Il ne trouva pas la cassette, puisqu'elle n'était pas là, mais il trouva, au fond du sac de voyage, l'enveloppe de maroquin noir. De sorte que Lupin et... l'autre en sont au même point tous les deux : tous les deux ils savent, sur le projet de Kesselbach, les mêmes choses.

— C'est-à-dire, nota le président, qu'ils vont se combattre.

— Justement. Et la lutte a déjà commencé. L'assassin, trouvant une carte d'Arsène Lupin, l'épingla sur le cadavre. Toutes les apparences seraient ainsi contre Arsène Lupin... Donc, Arsène Lupin serait le meurtrier.

— En effet... en effet... déclara Valenglay, le calcul ne manquait pas de justesse.

— Et le stratagème aurait réussi, continua M. Lenormand, si, par la suite d'un autre hasard, défavorable celui-là, l'assassin, soit à l'aller, soit au retour, n'avait perdu, dans la chambre 420, son étui à cigarettes, et si le garçon d'hôtel, Gustave Beudot, ne l'y avait ramassé. Dès lors, se sachant découvert ou sur le point de l'être...

— Comment le savait-il ?

— Comment ? Mais par le juge d'instruction Formerie lui-même. L'enquête a eu lieu toutes portes ouvertes ! Il est certain que le meurtrier se cachait parmi les assistants, employés d'hôtel ou journalistes, lorsque le juge d'instruction envoya Gustave Beudot dans sa mansarde chercher l'étui à cigarettes. Beudot monta. L'individu le suivit et frappa. Seconde victime. »

Personne ne protestait plus. Le drame se reconstituait, saisissant de réalité et d'exactitude vraisemblable.

« Et la troisième ? fit Valenglay.

— Celle-là s'offrit elle-même aux coups. Ne voyant

pas revenir Beudot, Chapman, curieux d'examiner lui-même cet étui à cigarettes, partit avec le directeur de l'hôtel. Surpris par le meurtrier, il fut entraîné par lui, conduit dans une des chambres, et, à son tour, assassiné.

— Mais pourquoi se laissa-t-il ainsi entraîner et diriger par un homme qu'il savait être l'assassin de M. Kesselbach et de Gustave Beudot ?

— Je ne sais pas, pas plus que je ne connais la chambre où le crime fut commis, pas plus que je ne devine la façon vraiment miraculeuse dont le coupable s'échappa.

— On a parlé, demanda M. Valenglay, de deux étiquettes bleues ?

— Oui, l'une trouvée sur la cassette que Lupin a renvoyée, l'autre trouvée par moi et provenant sans doute de l'enveloppe en maroquin que l'assassin avait volée.

— Eh bien ?

— Eh bien, pour moi, elles ne signifient rien. Ce qui signifie quelque chose, c'est ce chiffre 813 que M. Kesselbach inscrivit sur chacune d'elles : on a reconnu son écriture.

— Et ce chiffre 813 ?

— Mystère.

— Alors ?

— Alors, je dois vous répondre une fois de plus que je n'en sais rien.

— Vous n'avez pas de soupçons ?

— Aucun. Deux hommes à moi habitent une des chambres du Palace Hôtel, à l'étage où l'on a retrouvé le cadavre de Chapman. Par eux, je fais surveiller toutes les personnes de l'hôtel. Le coupable n'est pas au nombre de celles qui sont parties.

— N'a-t-on pas téléphoné pendant le massacre ?

— Oui. De la ville quelqu'un a téléphoné au major Parbury, une des quatre personnes qui habitaient le couloir du premier étage.

— Et ce major ?

— Je le fais surveiller par mes hommes ; jusqu'ici, on n'a rien relevé contre lui.

— Et dans quel sens allez-vous chercher ?

— Oh ! dans un sens très précis. Pour moi, l'assassin compte parmi les amis ou les relations du ménage Kesselbach. Il suivait leur piste, il connaissait leurs habitudes, la raison pour laquelle M. Kesselbach était à Paris, et il soupçonnait tout au moins l'importance de ses desseins.

— Ce ne serait donc pas un professionnel du crime ?

— Non ! non ! mille fois non. Le crime fut exécuté avec une habileté et une audace inouïes, mais il fut commandé par les circonstances. Je le répète, c'est dans l'entourage de M. et Mme Kesselbach qu'il faut chercher. Et la preuve, c'est que l'assassin de M. Kesselbach n'a tué Gustave Beudot que parce que le garçon d'hôtel possédait l'étui à cigarettes, et Chapman que parce que le secrétaire en connaissait l'existence. Rappelez-vous l'émotion de Chapman : sur la description seule de l'étui à cigarettes, Chapman a eu l'intuition du drame. S'il avait vu l'étui à cigarettes, nous étions renseignés. L'inconnu ne s'y est pas trompé : il a supprimé Chapman. Et nous ne savons rien, que ses initiales L. et M. »

Il réfléchit et prononça :

« Encore une preuve qui est une réponse à l'une de vos questions, monsieur le président. Croyez-vous que Chapman eût suivi cet homme à travers les couloirs et les escaliers de l'hôtel, s'il ne l'avait déjà connu ? »

Les faits s'accumulaient. La vérité, ou du moins la vérité probable, se fortifiait. Bien des points, les plus intéressants peut-être, demeuraient obscurs. Mais quelle lumière ! A défaut des motifs qui les avaient inspirés, comme on apercevait clairement la série des actes accomplis en cette tragique matinée !

Il y eut un silence. Chacun méditait, cherchait des arguments, des objections. Enfin, Valenglay s'écria :

« Mon cher Lenormand, tout cela est parfait... Vous m'avez convaincu... Mais, au fond, nous n'en sommes pas plus avancés pour cela.

— Comment ?

— Mais oui. Le but de notre réunion n'est pas du tout de déchiffrer une partie de l'énigme, que, un jour ou l'autre, je n'en doute pas, vous déchiffrerez tout entière, mais de donner satisfaction, dans la plus large mesure possible, aux exigences du public. Or, que le meurtrier soit Lupin ou non, qu'il y ait deux coupables, ou bien trois, ou bien un seul, cela ne nous donne ni le nom du coupable ni son arrestation. Et le public a toujours cette impression désastreuse que la justice est impuissante.

— Qu'y puis-je faire ?

— Précisément, donner au public la satisfaction qu'il demande.

— Mais il me semble que ces explications suffiraient déjà...

— Des mots ! Il veut des actes. Une seule chose le contenterait : une arrestation.

— Diable ! diable ! Nous ne pouvons pourtant pas arrêter le premier venu.

— Ça vaudrait mieux que de n'arrêter personne, fit Valenglay en riant... Voyons, cherchez bien... Etes-vous sûr d'Edwards, le domestique de Kesselbach ?

— Absolument sûr... Et puis, non, monsieur le président, ce serait dangereux, ridicule... et je suis persuadé que M. le procureur général lui-même... Il n'y a que deux individus que nous avons le droit d'arrêter... l'assassin... je ne le connais pas... et Arsène Lupin.

— Eh bien ?

— On n'arrête pas Arsène Lupin... ou du moins il faut du temps, un ensemble de mesures... que je n'ai pas encore eu le loisir de combiner, puisque je croyais Lupin rangé... ou mort. »

Valenglay frappa du pied avec l'impatience d'un

homme qui aime bien que ses désirs soient réalisés sur-le-champ.

« Cependant... cependant... mon cher Lenormand, il le faut... Il le faut pour vous aussi... Vous n'êtes pas sans savoir que vous avez des ennemis puissants... et que si je n'étais pas là... Enfin, il est inadmissible que vous, Lenormand, vous vous dérobiez ainsi... Et les complices, qu'en faites-vous ? Il n'y a pas que Lupin... Il y a Marco... Il y a aussi le coquin qui a joué le personnage de M. Kesselbach pour descendre dans les caves du Crédit Lyonnais.

— Celui-là vous suffirait-il, monsieur le président ?

— S'il me suffirait ! Nom d'un chien, je vous crois.

— Eh bien, donnez-moi huit jours.

— Huit jours ! mais ce n'est pas une question de jours, mon cher Lenormand, c'est plus simplement une question d'heures.

— Combien m'en donnez-vous, monsieur le président ? »

Valenglay tira sa montre et ricana :

« Je vous donne dix minutes, mon cher Lenormand. »

Le chef de la Sûreté tira la sienne et scanda, d'une voix posée :

« C'est quatre de trop, monsieur le président. »

II

Valenglay le regarda, stupéfait.

« Quatre de trop ? Qu'est-ce que vous voulez dire ?

— Je dis, monsieur le président, que les dix minutes que vous m'accordez sont inutiles. J'en ai besoin de six, pas une de plus.

— Ah ça ! mais, Lenormand... la plaisanterie ne serait peut-être pas d'un goût... »

Le chef de la Sûreté s'approcha de la fenêtre et fit un signe à deux hommes qui se promenaient en devisant tout tranquillement dans la cour d'honneur du ministère. Puis il revint.

« Monsieur le procureur général, ayez l'obligeance de signer un mandat d'arrêt au nom de Daileron, Auguste-Maximin-Philippe, âgé de quarante-sept ans. Vous laisserez la profession en blanc. »

Il ouvrit la porte d'entrée.

« Tu peux venir, Gourel... toi aussi, Dieuzy. »

Gourel se présenta, escorté de l'inspecteur Dieuzy.

« Tu as les menottes, Gourel ?

— Oui, chef. »

M. Lenormand s'avança vers Valenglay.

« Monsieur le président, tout est prêt. Mais j'insiste auprès de vous de la façon la plus pressante pour que vous renonciez à cette arrestation. Elle dérange tous mes plans ; elle peut les faire avorter, et, pour une satisfaction, somme toute minime, elle risque de tout compromettre.

— Monsieur Lenormand, je vous ferai remarquer que vous n'avez plus que quatre-vingts secondes. »

Le chef réprima un geste d'agacement, arpenta la pièce de droite et de gauche en s'appuyant sur sa canne, s'assit d'un air furieux, comme s'il décidait de se taire, puis, soudain, prenant son parti :

« Monsieur le président, la première personne qui entrera dans ce bureau sera celle dont vous avez voulu l'arrestation... contre mon gré, je tiens à bien le spécifier.

— Plus que quinze secondes, Lenormand.

— Gourel... Dieuzy... la première personne, n'est-ce pas ? Monsieur le procureur général, vous avez mis votre signature ?

— Plus que dix secondes, Lenormand.

— Monsieur le président, voulez-vous avoir l'obligeance de sonner ? »

Valenglay sonna.

L'huissier se présenta au seuil de la porte et attendit.

Valenglay se tourna vers le chef.

« Eh bien, Lenormand, on attend vos ordres... Qui doit-on introduire ?

— Personne.

— Mais ce coquin dont vous nous avez promis l'arrestation ? Les six minutes sont largement écoulées.

— Oui, mais le coquin est ici.

— Comment ? Je ne comprends pas, personne n'est entré.

— Si.

— Ah ça !... Mais... voyons... Lenormand, vous vous moquez de moi... Je vous répète qu'il n'est entré personne.

— Nous étions quatre dans ce bureau, monsieur le président, nous sommes cinq. Par conséquent, il est entré quelqu'un. »

Valenglay sursauta.

« Hein ? C'est de la folie !... que voulez-vous dire ?... »

Les deux agents s'étaient glissés entre la porte et l'huissier.

M. Lenormand s'approcha de celui-ci, lui plaqua les mains sur l'épaule, et d'une voix forte :

« Au nom de la loi, Daileron, Auguste-Maximin-Philippe, chef des huissiers à la Présidence du Conseil, je vous arrête. »

Valenglay éclata de rire :

« Ah ! elle est bonne... Celle-là est bonne... Ce sacré Lenormand, il en a de drôles ! Bravo, Lenormand, il y a longtemps que je n'avais ri comme ça... »

M. Lenormand se tourna vers le procureur général :

« Monsieur le procureur général, n'oubliez pas de mettre sur le mandat la profession du sieur Daileron, n'est-ce pas ? chef des huissiers à la Présidence du Conseil...

— Mais oui... mais oui... chef des huissiers à... la présidence du Conseil... bégaya Valenglay qui se tenait les côtes... Ah ! ce bon Lenormand a des trouvailles de génie... Le public réclamait une arrestation... V'lan, il lui flanque par la tête, qui ? Mon chef des huissiers... Auguste... le serviteur modèle... Eh bien, vrai, Lenormand, je vous savais une certaine dose de fantaisie, mais pas à ce point-là, mon cher ! Quel culot ! »

Depuis le début de la scène, Auguste n'avait pas bougé et semblait ne rien comprendre à ce qui se passait autour de lui. Sa bonne figure de subalterne loyal et fidèle avait un air absolument ahuri. Il regardait tour à tour ses interlocuteurs avec un effort visible pour saisir le sens de leurs paroles.

M. Lenormand dit quelques mots à Gourel qui sortit. Puis, s'avançant vers Auguste, il prononça nettement :

« Rien à faire. Tu es pincé. Le mieux est d'abattre

son jeu quand la partie est perdue. Qu'est-ce que tu as fait, mardi ?

— Moi ? rien. J'étais ici.

— Tu mens. C'était ton jour de congé. Tu es sorti.

— En effet... je me rappelle... un ami de province qui est venu... nous nous sommes promenés au Bois.

— L'ami s'appelait Marco. Et vous vous êtes promenés dans les caves du Crédit Lyonnais.

— Moi ! en voilà une idée !... Marco ? Je ne connais personne de ce nom-là.

— Et ça, connais-tu ça ? s'écria le chef en lui mettant sous le nez une paire de lunettes à branches d'or.

— Mais non... mais non... je ne porte pas de lunettes...

— Si, tu en portes quand tu vas au Crédit Lyonnais et que tu te fais passer pour M. Kesselbach. Celles-là viennent de la chambre que tu occupes, sous le nom de M. Jérôme, au numéro 5 de la rue du Colisée.

— Moi, une chambre ? Je couche au ministère.

— Mais tu changes de vêtements là-bas, pour jouer tes rôles dans la bande de Lupin. »

L'autre passa la main sur son front couvert de sueur. Il était livide. Il balbutia :

« Je ne comprends pas... vous dites des choses... des choses...

— T'en faut-il une que tu comprennes mieux ? Tiens, voilà ce qu'on trouve parmi les chiffons de papier que tu jettes à la corbeille, sous ton bureau de l'antichambre, ici même. »

Et M. Lenormand déplia une feuille de papier à en-tête du ministère, où on lisait à divers endroits, tracés d'une écriture qui tâtonne : Rudolf Kesselbach.

« Eh bien, qu'en dis-tu de celle-là, brave serviteur ? Des exercices d'application sur la signature de M. Kesselbach, est-ce une preuve ? »

Un coup de poing en pleine poitrine fit chanceler M. Lenormand. D'un bond, Auguste fut devant la fenêtre ouverte, enjamba l'appui et sauta dans la cour d'honneur.

« Nom d'un chien ! cria Valenglay... Ah ! le bandit ! »

Il sonna, courut, voulut appeler par la fenêtre. M. Lenormand lui dit avec le plus grand calme :

« Ne vous agitez pas, monsieur le président...

— Mais cette canaille d'Auguste...

— Une seconde, je vous en prie... j'avais prévu ce dénouement... je l'escomptais même... il n'est pas de meilleur aveu. »

Dominé par tant de sang-froid, Valenglay reprit sa place. Au bout d'un instant, Gourel faisait son entrée en tenant par le collet le sieur Daileron, Auguste-Maximin-Philippe, dit Jérôme, chef des huissiers à la présidence du Conseil.

« Amène, Gourel, dit M. Lenormand, comme on dit « Apporte ! » au bon chien de chasse qui revient avec le gibier en travers de sa gueule... Il s'est laissé faire ?

— Il a un peu mordu, mais je serrais dur, répliqua le brigadier, en montrant sa main énorme et noueuse.

— Bien, Gourel. Maintenant, mène-moi ce bonhomme-là au Dépôt, dans un fiacre. Sans adieu, monsieur Jérôme. »

Valenglay s'amusait beaucoup. Il se frottait les mains en riant. L'idée que le chef des huissiers était un des complices de Lupin lui semblait la plus charmante et la plus ironique des aventures.

« Bravo, mon cher Lenormand, tout cela est admirable, mais comment diable avez-vous manœuvré ?

— Oh ! de la façon la plus simple. Je savais que M. Kesselbach s'était adressé à l'agence Barbareux, et que Lupin s'était présenté chez lui soi-disant de la part de cette agence. J'ai cherché de ce côté-là, et j'ai découvert que l'indiscrétion commise au préjudice de M. Kesselbach et de Barbareux n'avait pu l'être qu'au profit d'un nommé Jérôme, ami d'un employé de l'agence. Si vous ne m'aviez pas ordonné de brusquer les choses, je surveillais l'huissier, et j'arrivais à Marco, puis à Lupin.

— Vous y arriverez, Lenormand. Et nous allons assister au spectacle le plus passionnant du monde, la lutte entre Lupin et vous. Je parie pour vous. »

Le lendemain matin, les journaux publiaient cette lettre :

« *Lettre ouverte à M. Lenormand, chef de la Sûreté.*

« Tous mes compliments, cher monsieur et ami, pour l'arrestation de l'huissier Jérôme. Ce fut de la bonne besogne, bien faite et digne de vous.

« Toutes mes félicitations également pour la façon ingénieuse avec laquelle vous avez prouvé au président du Conseil que je n'étais pas l'assassin de M. Kesselbach. Votre démonstration fut claire, logique, irréfutable, et, qui plus est, véridique. Comme vous le savez, je ne tue pas. Merci de l'avoir établi en cette occasion. L'estime de mes contemporains et la vôtre, cher monsieur et ami, me sont indispensables.

« En revanche, permettez-moi de vous assister dans la poursuite du monstrueux assassin et de vous donner un coup d'épaule dans l'affaire Kesselbach. Affaire très intéressante, vous pouvez m'en croire, si intéressante et si digne de mon attention que je sors de la retraite où je vivais depuis quatre ans, entre mes livres et mon bon chien Sherlock, que je bats le rappel de tous mes camarades, et que je me jette de nouveau dans la mêlée.

« Comme la vie a des retours imprévus ! Me voici votre collaborateur. Soyez sûr, cher monsieur et ami, que je m'en félicite, et que j'apprécie à son juste prix cette faveur de la destinée.

« Signé : Arsène Lupin. »

« *Post-scriptum*. — Un mot encore pour lequel je ne doute pas que vous m'approuviez. Comme il est inconvenant qu'un gentleman, qui eut le glorieux privilège de combattre sous ma bannière, pourrisse sur la paille humide de vos prisons, je crois devoir loyalement vous prévenir que, dans cinq semaines, le vendredi 31 mai, je mettrai en liberté le sieur Jérôme, promu par moi au grade de chef des huissiers à la présidence du Conseil. N'oubliez pas la date : le vendredi 31 mai. — A. L. »

LE PRINCE SERNINE À L'OUVRAGE

I

Un rez-de-chaussée, au coin du boulevard Haussmann et de la rue de Courcelles... C'est là qu'habite le prince Sernine, un des membres les plus brillants de la colonie russe à Paris, et dont le nom revient à chaque instant dans les « Déplacements et Villégiatures » des journaux.

Onze heures du matin. Le prince entre dans son cabinet de travail. C'est un homme de trente-cinq à trente-huit ans, dont les cheveux châtains se mêlent de quelques fils d'argent. Il a un teint de belle santé, de fortes moustaches, et des favoris coupés très court, à peine dessinés sur la peau fraîche des joues.

Il est correctement vêtu d'une redingote grise qui lui serre la taille, et d'un gilet à dépassant de coutil blanc.

« Allons, dit-il à mi-voix, je crois que la journée va être rude. »

Il ouvrit une porte qui donnait dans une grande pièce où quelques personnes attendaient, et il dit :

« Varnier est là ? Entre donc, Varnier. »

Un homme, à l'allure de petit bourgeois, trapu, solide, bien d'aplomb sur ses jambes, vint à son appel. Le prince referma la porte sur lui.

« Eh bien, où en es-tu, Varnier ?
— Tout est prêt pour ce soir, patron.
— Parfait. Raconte, en quelques mots.

— Voilà. Depuis l'assassinat de son mari, Mme Kesselbach, sur la foi du prospectus que vous lui avez fait envoyer, a choisi comme demeure la maison de retraite pour dames, située à Garches. Elle habite, au fond du jardin, le dernier des quatre pavillons que la direction loue aux dames qui désirent vivre tout à fait à l'écart des autres pensionnaires, le pavillon de l'Impératrice.

— Comme domestiques ?

— Sa demoiselle de compagnie, Gertrude, avec laquelle elle est arrivée quelques heures après le crime, et la sœur de Gertrude, Suzanne, qu'elle a fait venir de Monte-Carlo, et qui lui sert de femme de chambre. Les deux sœurs lui sont toutes dévouées.

— Edwards, le valet de chambre ?

— Elle ne l'a pas gardé. Il est retourné dans son pays.

— Elle voit du monde ?

— Personne. Elle passe son temps étendue sur un divan. Elle semble très faible, malade. Elle pleure beaucoup. Hier, le juge d'instruction est resté deux heures auprès d'elle.

— Bien. La jeune fille, maintenant ?

— Mlle Geneviève Ernemont habite de l'autre côté de la route... une ruelle qui s'en va vers la pleine campagne, et, dans cette ruelle, la troisième maison à droite. Elle tient une école libre et gratuite pour enfants retardataires. Sa grand-mère, Mme Ernemont, demeure avec elle.

— Et, d'après ce que tu m'as écrit, Geneviève Ernemont et Mme Kesselbach ont fait connaissance ?

— Oui. La jeune fille a été demander à Mme Kesselbach des subsides pour son école. Elles ont dû se plaire, car voici quatre jours qu'elles sortent ensemble dans le parc de Villeneuve, dont le jardin de la maison de retraite n'est qu'une dépendance.

— A quelle heure sortent-elles ?

— De cinq à six. A six heures juste, la jeune fille rejoint son école.

— Donc, tu as organisé la chose ?

— Pour aujourd'hui, six heures. Tout est prêt.

— Il n'y aura personne ?

— Il n'y a jamais personne dans le parc à cette heure-là.

— C'est bien. J'y serai. Va. »

Il le fit sortir par la porte du vestibule, et revenant vers la salle d'attente, il appela :

« Les frères Doudeville. »

Deux jeunes gens entrèrent, habillés avec une élégance un peu trop recherchée, les yeux vifs, l'air sympathique.

« Bonjour, Jean. Bonjour, Jacques. Quoi de nouveau à la préfecture ?

— Pas grand-chose, patron.

— M. Lenormand a toujours confiance en vous ?

— Toujours. Après Gourel, nous sommes ses inspecteurs favoris. La preuve, c'est qu'il nous a installés au Palace Hôtel pour surveiller les gens qui habitaient le couloir du premier étage, au moment de l'assassinat de Chapman. Tous les matins Gourel vient, et nous lui faisons le même rapport qu'à vous.

— Parfait. Il est essentiel que je sois au courant de tout ce qui se fait et de tout ce qui se dit à la préfecture de police. Tant que Lenormand vous croira ses hommes, je suis maître de la situation. Et dans l'hôtel, avez-vous découvert une piste quelconque ? »

Jean Doudeville, l'aîné, répondit :

« L'Anglaise, celle qui habitait une des chambres, l'Anglaise est partie.

— Celle-là ne m'intéresse pas. J'ai mes renseignements. Mais son voisin, le major Parbury ? »

Ils semblèrent embarrassés. Enfin l'un des deux répondit :

« Ce matin, le major Parbury a commandé qu'on transportât ses bagages à la gare du Nord, pour le train de midi cinquante, et il est parti de son côté en automobile. Nous avons été au départ du train. Le major n'est pas venu.

— Et les bagages ?

— Il les a fait reprendre à la gare.

— Par qui ?

— Par un commissionnaire, nous a-t-on dit.

— De sorte que sa trace est perdue ?

— Oui.

— Enfin ! » s'écria joyeusement le prince.

Les autres le regardèrent, étonnés.

« Eh oui, dit-il... voilà un indice !

— Vous croyez ?

— Evidemment. L'assassinat de Chapman n'a pu être commis que dans une des chambres de ce couloir. C'est là, chez un complice, que le meurtrier de M. Kesselbach avait conduit le secrétaire, c'est là qu'il l'a tué, c'est là qu'il a changé de vêtements, et c'est le complice qui, une fois l'assassin parti, a déposé le cadavre dans le couloir. Mais quel complice ? La manière dont disparaît le major Parbury tendrait à prouver qu'il n'est pas étranger à l'affaire. Vite, téléphonez la bonne nouvelle à M. Lenormand ou à Gourel. Il faut qu'on soit au courant le plus vite possible à la préfecture. Ces messieurs et moi, nous marchons la main dans la main. »

Il leur fit encore quelques recommandations, concernant leur double rôle d'inspecteurs de la police au service du prince Sernine, et il les congédia.

Dans la salle d'attente, il restait deux visiteurs. Il introduisit l'un d'eux.

« Mille excuses, docteur, lui dit-il. Je suis tout à toi. Comment va Pierre Leduc ?

— Mort.

— Oh ! oh ! dit Sernine. Je m'y attendais depuis ton mot de ce matin. Mais, tout de même, le pauvre garçon n'a pas été long...

— Il était usé jusqu'à la corde. Une syncope, et c'était fini.

— Il n'a pas parlé ?
— Non.
— Tu es sûr que, depuis le jour où nous l'avons cueilli ensemble sous la table d'un café à Belleville, tu es sûr que personne, dans ta clinique, n'a soupçonné que c'était lui, Pierre Leduc, que la police recherche, ce mystérieux Pierre Leduc que Kesselbach voulait trouver à tout prix ?
— Personne. Il occupait une chambre à part. En outre, j'avais enveloppé sa main gauche d'un pansement pour qu'on ne pût voir la blessure du petit doigt. Quant à la cicatrice de la joue, elle est invisible sous la barbe.
— Et tu l'as surveillé toi-même ?
— Moi-même. Et, selon vos instructions, j'ai profité, pour l'interroger, de tous les instants où il semblait plus lucide. Mais je n'ai pu obtenir que des balbutiements indistincts. »

Le prince murmura pensivement :

« Mort... Pierre Leduc est mort... Toute l'affaire Kesselbach reposait évidemment sur lui, et voilà... voilà qu'il disparaît... sans une révélation, sans un seul mot sur lui, sur son passé... Faut-il m'embarquer dans cette aventure à laquelle je ne comprends encore rien ? C'est dangereux... Je peux sombrer... »

Il réfléchit un moment et s'écria :

« Ah ! tant pis ! je marche quand même. Ce n'est pas une raison parce que Pierre Leduc est mort pour que j'abandonne la partie. Au contraire ! Et l'occasion est trop tentante. Pierre Leduc est mort. Vive Pierre Leduc !... Va, docteur. Rentre chez toi. Ce soir je te téléphonerai. »

Le docteur sortit.

« A nous deux, Philippe, dit Sernine au dernier visiteur, un petit homme aux cheveux gris, habillé comme un garçon d'hôtel, mais d'hôtel de dixième ordre.

— Patron, commença Philippe, je vous rappellerai que, la semaine dernière, vous m'avez fait entrer comme valet de chambre à l'hôtel des Deux-Empereurs, à Versailles, pour surveiller un jeune homme.

— Eh oui, je sais... Gérard Baupré. Où en est-il ?
— A bout de ressources.
— Toujours des idées noires ?
— Toujours. Il veut se tuer.
— Est-ce sérieux ?
— Très sérieux. J'ai trouvé dans ses papiers cette petite note au crayon.
— Ah ! ah ! fit Sernine, en lisant la note, il annonce sa mort... et ce serait pour ce soir !
— Oui, patron, la corde est achetée et le crochet fixé au plafond. Alors, selon vos ordres, je suis entré en relation avec lui, il m'a raconté sa détresse, et je lui ai conseillé de s'adresser à vous. « Le prince Sernine est riche, lui ai-je dit, il est généreux, peut-être vous aidera-t-il. »
— Tout cela est parfait. De sorte qu'il va venir ?
— Il est là.
— Comment le sais-tu ?
— Je l'ai suivi. Il a pris le train de Paris, et maintenant il se promène de long en large sur le boulevard. D'un moment à l'autre il se décidera. »

A cet instant un domestique apporta une carte. Le prince lut et dit :

« Introduisez M. Gérard Baupré. »
Et s'adressant à Philippe :
« Passe dans ce cabinet, écoute et ne bouge pas. »
Resté seul, le prince murmura :
« Comment hésiterais-je ? C'est le destin qui l'envoie, celui-là... »

Quelques minutes après, entrait un grand jeune homme blond, mince, au visage amaigri, au regard fiévreux, et qui se tint sur le seuil, embarrassé, hésitant, dans l'attitude d'un mendiant qui voudrait tendre la main et qui n'oserait pas.

La conversation fut courte.

« C'est vous, M. Gérard Baupré ?

— Oui... oui... c'est moi.
— Je n'ai pas l'honneur...
— Voilà... monsieur... voilà... on m'a dit...
— Qui, on ?
— Un garçon d'hôtel... qui prétend avoir servi chez vous...
— Enfin, bref... ?
— Eh bien... »

Le jeune homme s'arrêta, intimidé, bouleversé par l'attitude hautaine du prince. Celui-ci s'écria :

« Cependant, monsieur, il serait peut-être nécessaire...

— Voilà, monsieur... on m'a dit que vous étiez très riche et généreux... Et j'ai pensé qu'il vous serait possible... »

Il s'interrompit, incapable de prononcer la parole de prière et d'humiliation.

Sernine s'approcha de lui.

« Monsieur Gérard Baupré, n'avez-vous pas publié un volume de vers intitulé : *Le sourire du printemps ?*

— Oui, oui, s'écria le jeune homme dont le visage s'éclaira... vous avez lu ?

— Oui... Très jolis, vos vers... très jolis... Seulement, est-ce que vous comptez vivre avec ce qu'ils vous rapporteront ?

— Certes... un jour ou l'autre...

— Un jour ou l'autre... plutôt l'autre, n'est-ce pas ? Et, en attendant, vous venez me demander de quoi vivre ?

— De quoi manger, monsieur. »

Sernine lui mit la main sur l'épaule, et froidement :

« Les poètes ne mangent pas, monsieur. Ils se nourrissent de rimes et de rêves. Faites ainsi. Cela vaut mieux que de tendre la main. »

Le jeune homme frissonna sous l'insulte. Sans une parole il se dirigea vivement vers la porte.

Sernine l'arrêta.

« Un mot encore, monsieur. Vous n'avez plus la moindre ressource ?

— Pas la moindre.

— Et vous ne comptez sur rien ?

— J'ai encore un espoir... J'ai écrit à un de mes parents, le suppliant de m'envoyer quelque chose. J'aurai sa réponse aujourd'hui. C'est la dernière limite.

— Et, si vous n'avez pas de réponse, vous êtes décidé sans doute, ce soir même, à...

— Oui, monsieur. »

Ceci fut dit simplement et nettement.

Sernine éclata de rire.

« Dieu ! que vous êtes comique, brave jeune homme ! Et quelle conviction ingénue ! Revenez me voir l'année prochaine, voulez-vous ?... Nous reparlerons de tout cela... C'est si curieux, si intéressant... et si drôle surtout... ah ! ah ! ah ! »

Et, secoué de rires, avec des gestes affectés et des salutations, il le mit à la porte.

« Philippe, dit-il en ouvrant au garçon d'hôtel, tu as entendu ?

— Oui, patron.

— Gérard Baupré attend cet après-midi un télégramme, une promesse de secours...

— Oui, sa dernière cartouche.

— Ce télégramme, il ne faut pas qu'il le reçoive. S'il arrive, cueille-le au passage et déchire-le.

— Bien, patron.

— Tu es seul dans ton hôtel ?

— Oui, seul avec la cuisinière qui ne couche pas. Le patron est absent.

— Bon. Nous sommes les maîtres. A ce soir, vers onze heures. File. »

II

Le prince Sernine passa dans sa chambre et sonna son domestique.

« Mon chapeau, mes gants et ma canne. L'auto est là ?

— Oui, monsieur. »

Il s'habilla, sortit et s'installa dans une vaste et confortable limousine qui le conduisit au bois de Boulogne, chez le marquis et la marquise de Gastyne, où il était prié à déjeuner.

A deux heures et demie, il quittait ses hôtes, s'arrêtait avenue Kléber, prenait deux de ses amis et un docteur, et arrivait à trois heures moins cinq au parc des Princes.

A trois heures, il se battait au sabre avec le commandant italien Spinelli, dès la première reprise coupait l'oreille à son adversaire, et, à trois heures trois quarts, taillait au cercle de la rue Cambon une banque d'où il se retirait, à cinq heures vingt, avec un bénéfice de quarante-sept mille francs.

Et tout cela sans hâte, avec une sorte de nonchalance hautaine, comme si le mouvement endiablé qui semblait emporter sa vie dans un tourbillon d'actes et d'événements était la règle même de ses journées les plus paisibles.

« Octave, dit-il à son chauffeur, nous allons à Garches. »

Et, à six heures moins dix, il descendait devant les vieux murs du parc de Villeneuve.

Dépecé maintenant, abîmé, le domaine de Villeneuve conserve encore quelque chose de la splendeur qu'il connut au temps où l'impératrice Eugénie venait s'y reposer. Avec ses vieux arbres, son étang, l'horizon de feuillage que déroulent les bois de Saint-Cloud, le paysage a de la grâce et de la mélancolie.

Une partie importante du domaine fut donnée à l'Institut Pasteur. Une portion plus petite, et séparée de la première par tout l'espace réservé au public, forme une propriété encore assez vaste, et où s'élèvent, autour de la maison de retraite, quatre pavillons isolés.

« C'est là que demeure Mme Kesselbach », se dit le prince en voyant de loin les toits de la maison et des quatre pavillons.

Cependant, il traversait le parc et se dirigeait vers l'étang.

Soudain il s'arrêta derrière un groupe d'arbres. Il avait aperçu deux dames accoudées au parapet du pont qui franchit l'étang.

« Varnier et ses hommes doivent être dans les environs. Mais, fichtre, ils se cachent rudement bien. J'ai beau chercher... »

Les deux dames foulaient maintenant l'herbe des pelouses, sous les grands arbres vénérables. Le bleu du ciel apparaissait entre les branches que berçait une brise calme, et il flottait dans l'air des odeurs de printemps et de jeune verdure.

Sur les pentes de gazon, qui descendaient vers l'eau immobile, les marguerites, les pommeroles, les violettes, les narcisses, le muguet, toutes les petites fleurs d'avril et de mai se groupaient et formaient çà et là comme des constellations de toutes les couleurs. Le soleil se penchait à l'horizon.

Et tout à coup trois hommes surgirent d'un bosquet et vinrent à la rencontre des promeneuses.

Ils les abordèrent.

Il y eut quelques paroles échangées. Les deux dames donnaient des signes visibles de frayeur. L'un des hommes s'avança vers la plus petite et voulut saisir la bourse en or qu'elle tenait à la main.

Elles poussèrent des cris, et les trois hommes se jetèrent sur elles.

« C'est le moment ou jamais de surgir », se dit le prince.

Et il s'élança.

En dix secondes il avait presque atteint le bord de l'eau.

A son approche les trois hommes s'enfuirent.

« Fuyez, malandrins, ricana-t-il, fuyez à toutes jambes. Voilà le sauveur qui émerge. »

Et il se mit à les poursuivre. Mais une des dames le supplia :

« Oh ! monsieur, je vous en prie... mon amie est malade. »

La plus petite des promeneuses, en effet, était tombée sur le gazon, évanouie.

Il revint sur ses pas et, avec inquiétude :

« Elle n'est pas blessée ? dit-il... Est-ce que ces misérables ?...

— Non... non... c'est la peur seulement... l'émotion... Et puis... vous allez comprendre... cette dame est Mme Kesselbach...

— Oh ! » dit-il.

Il offrit un flacon de sels que la jeune femme fit aussitôt respirer à son amie. Et il ajouta :

« Soulevez l'améthyste qui sert de bouchon... Il y a une petite boîte, et, dans cette boîte, des pastilles. Que madame en prenne une... une, pas davantage... c'est très violent... »

Il regardait la jeune femme soigner son amie. Elle était blonde, très simple d'aspect, le visage doux et grave, avec un sourire qui animait ses traits alors même qu'elle ne souriait pas.

« C'est Geneviève », pensa-t-il.

Et il répéta en lui-même, tout ému :

« Geneviève... Geneviève... »

Mme Kesselbach cependant se remettait peu à peu. Etonnée d'abord, elle parut ne pas comprendre. Puis, la mémoire lui revenant, d'un signe de tête elle remercia son sauveur.

Alors il s'inclina profondément et dit :

« Permettez-moi de me présenter... Le prince Sernine. »

Elle dit à voix basse :

« Je ne sais comment vous exprimer ma reconnaissance.

— En ne l'exprimant pas, madame. C'est le hasard qu'il faut remercier, le hasard qui a dirigé ma promenade de ce côté. Mais puis-je vous offrir mon bras ? »

Quelques minutes après, Mme Kesselbach sonnait à la maison de retraite, et elle disait au prince :

« Je réclamerai de vous un dernier service, monsieur. Ne parlez pas de cette agression.

— Cependant, madame, ce serait le seul moyen de savoir...

— Pour savoir, il faudrait une enquête, et ce serait encore du bruit autour de moi, des interrogatoires, de la fatigue, et je suis à bout de forces. »

Le prince n'insista pas. La saluant, il demanda :

« Me permettrez-vous de prendre de vos nouvelles ?

— Mais certainement... »

Elle embrassa Geneviève et rentra.

La nuit cependant commençait à tomber. Sernine ne voulut pas que Geneviève retournât seule. Mais ils ne s'étaient pas engagés dans le sentier qu'une silhouette détachée de l'ombre accourut au-devant d'eux.

« Grand-mère ! » s'écria Geneviève.

Elle se jeta dans les bras d'une vieille femme qui la couvrit de baisers.

« Ah ! ma chérie, ma chérie, que s'est-il passé ? Comme tu es en retard ; toi si exacte ! »

Geneviève présenta :

« Mme Ernemont, ma grand-mère. Le prince Sernine... »

Puis elle raconta l'incident et Mme Ernemont répétait :

« Oh ! ma chérie, comme tu as dû avoir peur !... je n'oublierai jamais, monsieur... je vous le jure... Mais comme tu as dû avoir peur, ma pauvre chérie !

— Allons, bonne-maman, tranquillise-toi puisque me voilà...

— Oui, mais la frayeur a pu te faire mal... On ne sait jamais les conséquences... Oh ! c'est horrible... »

Ils longèrent une haie par-dessus laquelle on devinait une cour plantée d'arbres, quelques massifs, un préau, et une maison blanche.

Derrière la maison s'ouvrait, à l'abri d'un bouquet de sureaux disposés en tonnelle, une petite barrière.

La vieille dame pria le prince Sernine d'entrer et le conduisit dans un petit salon qui servait à la fois de parloir.

Geneviève demanda au prince la permission de se retirer un instant, pour aller voir ses élèves, dont c'était l'heure du souper.

Le prince et Mme Ernemont restèrent seuls.

La vieille dame avait une figure pâle et triste, sous ses cheveux blancs dont les bandeaux se terminaient par deux anglaises. Trop forte, de marche lourde, elle avait, malgré son apparence et ses vêtements de dame, quelque chose d'un peu vulgaire, mais les yeux étaient infiniment bons.

Tandis qu'elle mettait un peu d'ordre sur la table tout en continuant à dire son inquiétude, le prince Sernine s'approcha d'elle, lui saisit la tête entre les deux mains et l'embrassa sur les deux joues.

« Eh bien, la vieille, comment vas-tu ? »

Elle demeura stupide, les yeux hagards, la bouche ouverte.

Le prince l'embrassa de nouveau en riant.

Elle bredouilla :

« Toi ! c'est toi ! Ah ! Jésus-Marie... Jésus-Marie... Est-ce possible !... Jésus-Marie !...

— Ma bonne Victoire !

— Ne m'appelle pas ainsi, s'écria-t-elle en frissonnant. Victoire est morte... Ta vieille nourrice n'existe plus. J'appartiens tout entière à Geneviève... »

Elle dit encore à voix basse :

« Ah ! Jésus... j'avais bien lu ton nom dans les journaux... Alors, c'est vrai, tu recommences ta mauvaise vie ?

— Comme tu vois.

— Tu m'avais pourtant juré que c'était fini, que tu partais pour toujours, que tu voulais devenir honnête.

— J'ai essayé. Voilà quatre ans que j'essaie... Tu ne prétendras point que pendant ces quatre ans j'aie fait parler de moi ?

— Eh bien ?

— Eh bien, ça m'ennuie. »

Elle soupira :

« Toujours le même... Tu n'as pas changé... Ah ! c'est bien fini, tu ne changeras jamais... Ainsi, tu es dans l'affaire Kesselbach ?

— Parbleu ! Sans quoi me serais-je donné la peine d'organiser contre Mme Kesselbach, à six heures, une agression pour avoir l'occasion, à six heures cinq, de l'arracher aux griffes de mes hommes ? Sauvée par moi, elle est obligée de me recevoir. Me voilà au cœur de la place, et, tout en protégeant la veuve, je surveille les alentours. Ah ! que veux-tu, la vie que je mène ne me permet pas de flâner et d'employer le régime des petits soins et des hors-d'œuvre. Il faut que j'agisse par coups de théâtre, par victoires brutales. »

Elle l'observait avec effarement, et elle balbutia :

« Je comprends... je comprends... tout ça, c'est du mensonge... Mais alors... Geneviève...

— Eh ! d'une pierre, je faisais deux coups. Tant

qu'à préparer un sauvetage, autant marcher pour deux. Pense à ce qu'il m'eût fallu de temps, d'efforts, inutiles, peut-être, pour me glisser dans l'intimité de cette enfant ! Qu'étais-je pour elle ? Que serais-je encore ? Un inconnu... un étranger. Maintenant je suis le sauveur. Dans une heure je serai... l'ami. »

Elle se mit à trembler.

« Ainsi... tu n'as pas sauvé Geneviève... ainsi tu vas nous mêler à tes histoires... »

Et soudain, dans un accès de révolte, l'agrippant aux épaules :

« Eh bien, non, j'en ai assez, tu entends ? Tu m'as amené cette petite un jour en me disant : « Tiens, je te la confie... ses parents sont morts... prends-la sous ta garde... » Eh bien, elle y est, sous ma garde, et je saurai la défendre contre toi et contre toutes tes manigances. »

Debout, bien d'aplomb, ses deux poings crispés, le visage résolu, Mme Ernemont semblait prête à toutes les éventualités.

Posément, sans brusquerie, le prince Sernine détacha l'une après l'autre les deux mains qui l'étreignaient, à son tour empoigna la vieille dame par les épaules, l'assit dans un fauteuil, se baissa vers elle, et, d'un ton très calme, lui dit :

« Zut ! »

Elle se mit à pleurer, vaincue tout de suite, et, croisant ses mains devant Sernine :

« Je t'en prie, laisse-nous tranquilles. Nous étions si heureuses ! Je croyais que tu nous avais oubliées, et je bénissais le Ciel chaque fois qu'un jour s'écoulait. Mais oui... je t'aime bien, cependant. Mais Geneviève... vois-tu, je ne sais pas ce que je ferais pour cette enfant. Elle a pris ta place dans mon cœur.

— Je m'en aperçois, dit-il en riant. Tu m'enverrais au diable avec plaisir. Allons, assez de bêtises ! Je n'ai pas de temps à perdre. Il faut que je parle à Geneviève.

— Tu vas lui parler !

— Eh bien, c'est donc un crime ?
— Et qu'est-ce que tu as à lui dire ?
— Un secret... un secret très grave... très émouvant... »

La vieille dame s'effara :

« Et qui lui fera de la peine, peut-être ? Oh ! je crains tout... je crains tout pour elle...
— La voilà, dit-il.
— Non, pas encore.
— Si, si, je l'entends... essuie tes yeux et sois raisonnable...
— Ecoute, fit-elle vivement, écoute, je ne sais pas quels sont les mots que tu vas prononcer, quel secret tu vas révéler à cette enfant que tu ne connais pas... Mais, moi qui la connais, je te dis ceci : Geneviève est une nature vaillante, forte, mais très sensible. Fais attention à tes paroles... Tu pourrais blesser en elle des sentiments... qu'il ne t'est pas possible de soupçonner...
— Et pourquoi, mon Dieu ?
— Parce qu'elle est d'une race différente de la tienne, d'un autre monde... je parle d'un autre monde moral... Il y a des choses qu'il t'est défendu de comprendre maintenant. Entre vous deux, l'obstacle est infranchissable... Geneviève a la conscience la plus pure et la plus haute... et toi...
— Et moi ?
— Et toi, tu n'es pas un honnête homme. »

III

Geneviève entra, vive et charmante.

« Toutes mes petites sont au dortoir, j'ai dix minutes de répit... Eh bien, grand-mère, qu'est-ce que c'est ? Tu as une figure toute drôle... Est-ce encore cette histoire ?

— Non, mademoiselle, dit Sernine, je crois avoir été assez heureux pour rassurer votre grand-mère. Seulement nous causions de vous, de votre enfance, et c'est un sujet, semble-t-il, que votre grand-mère n'aborde pas sans émotion.

— De mon enfance ?... dit Geneviève en rougissant... Oh ! grand-mère !

— Ne la grondez pas, mademoiselle, c'est le hasard qui a amené la conversation sur ce terrain. Il se trouve que j'ai passé souvent par le petit village où vous avez été élevée.

— Aspremont ?

— Aspremont, près de Nice... Vous habitiez là une maison neuve, toute blanche...

— Oui, dit-elle, toute blanche, avec un peu de peinture bleue autour des fenêtres... J'étais bien jeune, puisque j'ai quitté Aspremont à sept ans ; mais je me rappelle les moindres choses de ce temps-là. Et je n'ai pas oublié l'éclat du soleil sur la façade blanche, ni l'ombre de l'eucalyptus au bout du jardin...

— Au bout du jardin, mademoiselle, il y avait un

champ d'oliviers, et, sous un de ces oliviers, une table où votre mère travaillait les jours de chaleur...

— C'est vrai, c'est vrai, dit-elle, toute remuée... moi, je jouais à côté...

— Et c'est là, dit-il, que j'ai vu votre mère plusieurs fois... Tout de suite, en vous voyant, j'ai retrouvé son image... plus gaie, plus heureuse.

— Ma pauvre mère, en effet, n'était pas heureuse. Mon père était mort le jour même de ma naissance, et rien n'avait pu la consoler. Elle pleurait beaucoup. J'ai gardé de cette époque un petit mouchoir avec lequel j'essuyais ses larmes.

— Un petit mouchoir à dessins roses.

— Quoi ! fit-elle, saisie d'étonnement, vous savez...

— J'étais là, un jour, quand vous la consoliez... Et vous la consoliez si gentiment que la scène est restée précise dans ma mémoire. »

Elle le regarda profondément, et murmura, presque en elle-même :

« Oui... oui... il me semble bien... l'expression de vos yeux... et puis le son de votre voix... »

Elle baissa les paupières un instant, et se recueillit comme si elle cherchait vainement à fixer un souvenir qui lui échappait Et elle reprit :

« Alors vous la connaissiez ?

— J'avais des amis près d'Aspremont, chez qui je la rencontrais. La dernière fois, elle m'a paru plus triste encore... plus pâle, et quand je suis revenu...

— C'était fini, n'est-ce pas ? dit Geneviève... oui, elle est partie très vite... en quelques semaines... et je suis restée seule avec des voisins qui la veillaient... et un matin on l'a emportée... Et le soir de ce jour, comme je dormais, il est venu quelqu'un qui m'a prise dans ses bras, qui m'a enveloppée de couvertures...

— Un homme ? dit le prince.

— Oui, un homme. Il me parlait tout bas, très doucement... sa voix me faisait du bien... et, en m'emmenant sur la route, puis en voiture dans la nuit, il me berçait et me racontait des histoires... de sa même voix... de sa même voix... »

Elle s'était interrompue peu à peu, et elle le regardait de nouveau, plus profondément encore et avec un effort visible pour saisir l'impression fugitive qui l'effleurait par instants.

Il lui dit :

« Et après ? Où vous a-t-il conduite ?

— Là, mon souvenir est vague... C'est comme si j'avais dormi plusieurs jours... Je me retrouve seulement dans le bourg de Vendée où j'ai passé toute la seconde moitié de mon enfance, à Montégut, chez le père et la mère Izereau, de braves gens qui m'ont nourrie, qui m'ont élevée, et dont je n'oublierai jamais le dévouement et la tendresse.

— Et ils sont morts aussi, ceux-là ?

— Oui, dit-elle... une épidémie de fièvre typhoïde dans la région... mais je ne le sus que plus tard... Dès le début de leur maladie, j'avais été emportée comme la première fois, et dans les mêmes conditions, la nuit, par quelqu'un qui m'enveloppa également de couvertures... Seulement, j'étais plus grande, je me débattis, je voulus crier... et il dut me fermer la bouche avec un foulard.

— Vous aviez quel âge ?

— Quatorze ans... il y a de cela quatre ans.

— Donc, vous avez pu distinguer cet homme ?

— Non, celui-là se cachait davantage, et il ne m'a pas dit un seul mot... Cependant j'ai toujours pensé que c'était le même... car j'ai gardé le souvenir de la même sollicitude, des mêmes gestes attentifs, pleins de précaution.

— Et après ?

— Après, comme jadis, il y a de l'oubli, du sommeil... Cette fois, j'ai été malade, paraît-il, j'ai eu la fièvre... Et je me réveille dans une chambre gaie, claire. Une dame à cheveux blancs est penchée sur moi et me sourit. C'est grand-mère... et la chambre, c'est celle que j'occupe là-haut. »

Elle avait repris sa figure heureuse, sa jolie expression lumineuse, et elle termina en souriant :

« Et voilà comme quoi Mme Ernemont m'a trouvée un soir au seuil de sa porte, endormie, paraît-il, comme quoi elle m'a recueillie, comme quoi elle est devenue ma grand-mère, et comme quoi, après quelques épreuves, la petite fille d'Aspremont goûte les joies d'une existence calme, et apprend le calcul et la grammaire à des petites filles rebelles ou paresseuses... mais qui l'aiment bien. »

Elle s'exprimait gaiement, d'un ton à la fois réfléchi et allègre, et l'on sentait en elle l'équilibre d'une nature raisonnable.

Sernine l'écoutait avec une surprise croissante, et sans chercher à dissimuler son trouble.

Il demanda :

« Vous n'avez jamais entendu parler de cet homme, depuis ?

— Jamais.

— Et vous seriez contente de le revoir ?

— Oui, très contente.

— Eh bien, mademoiselle... »

Geneviève tressaillit.

« Vous savez quelque chose... la vérité peut-être...

— Non... non... seulement... »

Il se leva et se promena dans la pièce. De temps à autre son regard s'arrêtait sur Geneviève, et il semblait qu'il était sur le point de répondre par des mots plus précis à la question qui lui était posée. Allait-il parler ?

Mme Ernemont attendait avec angoisse la révélation de ce secret dont pouvait dépendre le repos de la jeune fille.

Il revint s'asseoir auprès de Geneviève, parut encore hésiter, et lui dit enfin :

« Non... non... une idée m'était venue... un souvenir...

— Un souvenir ?... Et alors ?

— Je me suis trompé. Il y avait dans votre récit certains détails qui m'ont induit en erreur.

— Vous en êtes sûr ? »

Il hésita encore, puis affirma :

« Absolument sûr.

— Eh ! dit-elle désappointée... j'avais cru deviner... que vous connaissiez... »

Elle n'acheva pas, attendant une réponse à la question qu'elle lui posait, sans oser la formuler complètement.

Il se tut. Alors, n'insistant pas davantage, elle se pencha vers Mme Ernemont.

« Bonsoir, grand-mère, mes petites doivent être au lit, mais aucune d'elles ne pourrait dormir avant que je l'aie embrassée. »

Elle tendit la main au prince.

« Merci encore...

— Vous partez ? dit-il vivement.

— Excusez-moi ; grand-mère vous reconduira... »

Il s'inclina devant elle et lui baisa la main. Au moment d'ouvrir la porte, elle se retourna et sourit.

Puis elle disparut.

Le prince écouta le bruit de ses pas qui s'éloignait, et il ne bougeait point, la figure pâle d'émotion.

« Eh bien, dit la vieille dame, tu n'as pas parlé ?

— Non...

— Ce secret...

— Plus tard... aujourd'hui... c'est étrange... je n'ai pas pu.

— Etait-ce donc si difficile ? Ne l'a-t-elle pas senti, elle, que tu étais l'inconnu qui, deux fois, l'avait emportée ?... Il suffisait d'un mot...

— Plus tard... plus tard... dit-il en reprenant toute son assurance. Tu comprends bien... cette enfant me connaît à peine... Il faut d'abord que je conquière des droits à son affection, à sa tendresse... Quand je lui aurai donné l'existence qu'elle mérite, une existence merveilleuse, comme on en voit dans les contes de fées, alors je parlerai. »

La vieille dame hocha la tête.

« J'ai bien peur que tu ne te trompes... Geneviève n'a pas besoin d'une existence merveilleuse... Elle a des goûts simples.

— Elle a les goûts de toutes les femmes, et la fortune, le luxe, la puissance procurent des joies qu'aucune d'elles ne méprise.

— Si, Geneviève. Et tu ferais mieux...

— Nous verrons bien. Pour l'instant, laisse-moi faire. Et sois tranquille. Je n'ai nullement l'intention, comme tu dis, de mêler Geneviève à toutes mes manigances. C'est à peine si elle me verra... Seulement, quoi, il fallait bien prendre contact... C'est fait... Adieu. »

Il sortit de l'école, et se dirigea vers son automobile.

Il était tout heureux.

« Elle est charmante... et si douce, si grave ! Les yeux de sa mère, ces yeux qui m'attendrissaient jusqu'aux larmes... Mon Dieu, comme tout cela est loin ! Et quel joli souvenir... un peu triste, mais si joli ! »

Et dit à haute voix :

« Certes oui, je m'occuperai de son bonheur. Et tout de suite encore ! Et dès ce soir ! Parfaitement, dès ce soir, elle aura un fiancé ! Pour les jeunes filles, n'est-ce par la condition du bonheur ? »

IV

Il retrouva son auto sur la grand-route.

« Chez moi », dit-il à Octave.

Chez lui il demanda la communication de Neuilly, téléphona ses instructions à celui de ses amis qu'il appelait le docteur, puis s'habilla.

Il dîna au cercle de la rue Cambon, passa une heure à l'Opéra, et remonta dans son automobile.

« A Neuilly, Octave. Nous allons chercher le docteur. Quelle heure est-il ?

— Dix heures et demie.

— Fichtre ! Active ! »

Dix minutes après, l'automobile s'arrêtait à l'extrémité du boulevard Inkermann, devant une villa isolée. Au signal de la trompe, le docteur descendit. Le prince lui demanda :

« L'individu est prêt ?

— Empaqueté, ficelé, cacheté.

— En bon état ?

— Excellent. Si tout se passe comme vous me l'avez téléphoné, la police n'y verra que du feu.

— C'est son devoir. Embarquons-le. »

Ils transportèrent dans l'auto une sorte de sac allongé qui avait la forme d'un individu, et qui semblait assez lourd...

Et le prince dit :

« A Versailles, Octave, rue de la Vilaine, devant l'hôtel des Deux-Empereurs.

— Mais c'est un hôtel borgne, fit remarquer le docteur, je le connais.

— A qui le dis-tu ? Et la besogne sera dure, pour moi du moins... Mais sapristi, je ne donnerais pas ma place pour une fortune ! Qui donc prétendait que la vie est monotone ? »

L'hôtel des Deux-Empereurs... une allée boueuse... deux marches à descendre, et l'on pénètre dans un couloir où veille la lueur d'une lampe.

Du poing, Sernine frappa contre une petite porte.

Un garçon d'hôtel apparut. C'était Philippe, celui-là même à qui, le matin, Sernine avait donné des ordres au sujet de Gérard Baupré.

« Il est toujours là ? demanda le prince.

— Oui.

— La corde ?

— Le nœud est fait.

— Il n'a pas reçu le télégramme qu'il espérait ?

— Le voici, je l'ai intercepté. »

Sernine saisit le papier bleu et lut.

« Bigre, dit-il avec satisfaction, il était temps. On lui annonçait pour demain un billet de mille francs. Allons, le sort me favorise. Minuit moins un quart. Dans un quart d'heure le pauvre diable s'élancera dans l'éternité. Conduis-moi, Philippe. Reste là, docteur. »

Le garçon prit la bougie. Ils montèrent au troisième étage et suivirent, en marchant sur la pointe des pieds, un corridor bas et puant, garni de mansardes, et qui aboutissait à un escalier de bois où moisissaient les vestiges d'un tapis.

« Personne ne pourra m'entendre ? demanda Sernine.

— Personne. Les deux chambres sont isolées. Mais ne vous trompez pas, il est dans celle de gauche.

— Bien. Maintenant, redescends. A minuit, le docteur, Octave et toi, vous apporterez l'individu là où nous sommes, et vous attendrez. »

L'escalier de bois avait dix marches que le prince gravit avec des précautions infinies... En haut, un palier et deux portes... Il fallut cinq longues minutes à Sernine pour ouvrir celle de droite sans qu'un grincement rompît le silence.

Une lumière luisait dans l'ombre de la pièce. A tâtons, pour ne pas heurter une des chaises, il se dirigea vers cette lumière. Elle provenait de la chambre voisine et filtrait à travers une porte vitrée que recouvrait un lambeau de tenture.

Le prince écarta ce lambeau. Les carreaux étaient dépolis, mais abîmés, rayés par endroits, de sorte que, en appliquant un œil, on pouvait voir aisément tout ce qui se passait dans l'autre pièce.

Un homme s'y trouvait, qu'il aperçut de face, assis devant une table. C'était le poète Gérard Baupré.

Il écrivait à la clarté d'une bougie.

Au-dessus de lui pendait une corde qui était attachée à un crochet fixé dans le plafond. A l'extrémité inférieure de la corde, un nœud coulant s'arrondissait.

Un coup léger tinta à une horloge de la ville.

« Minuit moins cinq, pensa Sernine... Encore cinq minutes. »

Le jeune homme écrivait toujours. Au bout d'un instant il déposa sa plume, mit en ordre les dix ou douze feuillets de papier qu'il avait noircis d'encre, et se mit à les relire.

Cette lecture ne parut pas lui plaire, car une expression de mécontentement passa sur son visage. Il déchira son manuscrit et en brûla les morceaux à la flamme de la bougie.

Puis, d'une main fiévreuse, il traça quelques mots sur une feuille blanche, signa brutalement et se leva.

Mais, ayant aperçu, à dix pouces au-dessus de sa tête, la corde, il se rassit d'un coup avec un grand frisson d'épouvante.

Sernine voyait distinctement sa pâle figure, ses joues maigres contre lesquelles il serrait ses poings crispés. Une larme coula, une seule, lente et désolée. Les yeux fixaient le vide, des yeux effrayants de tristesse, et qui semblaient voir déjà le redoutable néant.

Et c'était une figure si jeune ! des joues si tendres encore, que ne rayait la cicatrice d'aucune ride ! et des yeux bleus, d'un bleu de ciel oriental.

Minuit... les douze coups tragiques de minuit, auxquels tant de désespérés ont accroché la dernière seconde de leur existence !

Au douzième, il se dressa de nouveau, et bravement, cette fois, sans trembler, regarda la corde sinistre. Il essaya même un sourire — pauvre sourire, lamentable grimace du condamné que la mort a déjà saisi.

Rapidement il monta sur la chaise et prit la corde d'une main.

Un instant il resta là, immobile, non point qu'il hésitât ou manquât de courage, mais c'était l'instant suprême, la minute de grâce que l'on s'accorde avant le geste fatal.

Il contempla la chambre infâme où le mauvais destin l'avait acculé, l'affreux papier des murs, le lit misérable.

Sur la table, pas un livre : tout avait été vendu. Pas une photographie, pas une enveloppe de lettre ! il n'avait plus ni père, ni mère, plus de famille... Qu'est-ce qui l'attachait à l'existence ? Rien, ni personne.

D'un mouvement brusque, il engagea sa tête dans le nœud coulant et tira sur la corde jusqu'à ce que le nœud lui serrât bien le cou.

Et, les deux pieds renversant la chaise, il sauta dans le vide.

V

Dix secondes, vingt secondes s'écoulèrent, vingt secondes formidables, éternelles...

Le corps avait eu deux ou trois convulsions. Les jambes avaient instinctivement cherché un point d'appui. Plus rien maintenant ne bougeait...

Quelques secondes encore... La petite porte vitrée s'ouvrit.

Sernine entra.

Sans la moindre hâte, il saisit la feuille de papier où le jeune homme avait apposé sa signature et il lut :

Las de la vie, malade, sans argent, sans espoir, je me tue. Qu'on n'accuse personne de ma mort.

30 avril. — *Gérard Baupré.*

Il remit la feuille sur la table, bien en vue, approcha la chaise et la posa sous les pieds du jeune homme. Lui-même il escalada la table, et, tout en tenant le corps serré contre lui, il le souleva, élargit le nœud coulant et dépassa la tête.

Le corps fléchit entre ses bras. Il le laissa glisser sur le long de la table, et, sautant à terre, il l'étendit sur le lit.

Puis, toujours avec le même flegme, il entrebâilla la porte de sortie.

« Vous êtes là tous les trois ? » murmura-t-il.

Près de lui, au pied de l'escalier de bois, quelqu'un répondit :

« Nous sommes là. Faut-il hisser notre paquet ?
— Allez-y ! »

Il prit le bougeoir et les éclaira.

Péniblement les trois hommes montèrent l'escalier en portant le sac où était ficelé l'individu.

« Déposez-le ici », dit-il en montrant la table.

A l'aide d'un canif il coupa les ficelles qui entouraient le sac. Un drap blanc apparut qu'il écarta.

Dans ce drap, il y avait un cadavre, le cadavre de Pierre Leduc.

« Pauvre Pierre Leduc, dit Sernine, tu ne sauras jamais ce que tu as perdu en mourant si jeune ! Je t'aurais mené loin, mon bonhomme. Enfin, on se passera de tes services... Allons, Philippe, grimpe sur la table, et toi, Octave, sur la chaise. Soulevez-lui la tête et engagez le nœud coulant. »

Deux minutes plus tard le corps de Pierre Leduc se balançait au bout de la corde.

« Parfait, ce n'est pas plus difficile que cela, une substitution de cadavres. Maintenant vous pouvez vous retirer tous. Toi, docteur, tu repasseras ici demain matin, tu apprendras le suicide du sieur Gérard Baupré, tu entends, de Gérard Baupré — voici sa lettre d'adieu —, tu feras appeler le médecin légiste et le commissaire, tu t'arrangeras pour que ni l'un ni l'autre ne constatent que le défunt a un doigt coupé et une cicatrice à la joue...

— Facile.

— Et tu feras en sorte que le procès-verbal soit écrit aussitôt et sous ta dictée.

— Facile.

— Enfin, évite l'envoi à la Morgue et qu'on donne le permis d'inhumer séance tenante.

— Moins facile.

— Essaie. Tu as examiné celui-là ? »

Il désignait le jeune homme qui gisait inerte sur le lit.

« Oui, affirma le docteur. La respiration redevient normale. Mais on risquait gros... la carotide eût pu...

— Qui ne risque rien... Dans combien de temps reprendra-t-il connaissance ?

— D'ici quelques minutes.

— Bien. Ah ! ne pars pas encore, docteur. Reste en bas. Ton rôle n'est pas fini ce soir. »

Demeuré seul, le prince alluma une cigarette et fuma tranquillement, en lançant vers le plafond de petits anneaux de fumée bleue.

Un soupir le tira de sa rêverie. Il s'approcha du lit. Le jeune homme commençait à s'agiter, et sa poitrine se soulevait et s'abaissait violemment, ainsi qu'un dormeur sous l'influence d'un cauchemar.

Il porta ses mains à sa gorge comme s'il éprouvait une douleur, et ce geste le dressa d'un coup, terrifié, pantelant...

Alors, il aperçut, en face de lui, Sernine.

« Vous ! murmura-t-il sans comprendre... Vous !... »

Il le contemplait d'un regard stupide, comme il eût contemplé un fantôme.

De nouveau il toucha sa gorge, palpa son cou, sa nuque... Et soudain il eut un cri rauque, une folie d'épouvante agrandit ses yeux, hérissa le poil de son crâne, le secoua tout entier comme une feuille ! Le prince s'était effacé, et il avait vu, il voyait au bout de la corde, le pendu !

Il recula jusqu'au mur. Cet homme, ce pendu, c'était lui ! c'était lui-même. Il était mort, et il se voyait mort ! Rêve atroce qui suit le trépas ?... Hallucination de ceux qui ne sont plus, et dont le cerveau bouleversé palpite encore d'un reste de vie ?...

Ses bras battirent l'air. Un moment il parut se défendre contre l'ignoble vision. Puis, exténué, vaincu une seconde fois, il s'évanouit.

« A merveille, ricana le prince... Nature sensible... impressionnable... Actuellement, le cerveau est désorbité... Allons, l'instant est propice... Mais si je n'enlève pas l'affaire en vingt minutes, il m'échappe... »

Il poussa la porte qui séparait les deux mansardes, revint vers le lit, enleva le jeune homme, et le transporta sur le lit de l'autre pièce.

Puis il lui bassina les tempes avec de l'eau fraîche et lui fit respirer des sels.

La défaillance, cette fois, ne fut pas longue.

Timidement Gérard entrouvrit les paupières et leva les yeux vers le plafond. La vision était finie.

Mais la disposition des meubles, l'emplacement de la table et de la cheminée, certains détails encore, tout le surprenait, — et puis le souvenir de son acte... la douleur qu'il ressentait à la gorge...

Il dit au prince :

« J'ai fait un rêve, n'est-ce pas ?

— Non.

— Comment, non ? »

Et soudain se rappelant :

« Ah ! c'est vrai, je me souviens... j'ai voulu mourir... et même... »

Il se pencha anxieusement :

« Mais le reste ? la vision ?

— Quelle vision ?

— L'homme... la corde... cela, c'est un rêve ?...

— Non, affirma Sernine, cela aussi, c'est la réalité...

— Que dites-vous ? que dites-vous ? oh ! non... non... je vous en prie... éveillez-moi si je dors... ou bien que je meure !... Mais je suis mort, n'est-ce pas ? et c'est le cauchemar d'un cadavre... Ah ! je sens ma raison qui s'en va... Je vous en prie... »

Sernine posa doucement sa main sur les cheveux du jeune homme, et s'inclinant vers lui :

« Ecoute-moi... écoute-moi bien, et comprends. Tu es vivant. Ta substance et ta pensée sont identiques et vivent. Mais Gérard Baupré est mort. Tu me comprends, n'est-ce pas ? L'être social qui avait nom Gérard Baupré n'existe plus. Tu l'as supprimé, celui-là. Demain, sur les registres de l'état civil, en face de ce nom que tu portais, on inscrira la mention : « décédé » — et la date de ton décès.

— Mensonge ! balbutia le jeune homme terrifié, mensonge ! puisque me voilà, moi, Gérard Baupré !...

— Tu n'es pas Gérard Baupré », déclara Sernine.

Et désignant la porte ouverte :

« Gérard Baupré est là, dans la chambre voisine. Veux-tu le voir ? Il est suspendu au clou où tu l'as accroché. Sur la table se trouve la lettre par laquelle tu as signé sa mort. Tout cela est bien régulier, tout cela est définitif. Il n'y a plus à revenir sur ce fait irrévocable et brutal : Gérard Baupré n'existe plus ! »

Le jeune homme écoutait éperdument. Plus calme, maintenant que les faits prenaient une signification moins tragique, il commençait à comprendre.

« Et alors ?

— Et alors, causons...

— Oui... oui... causons...

— Une cigarette ? dit le prince... Tu acceptes ? Ah ! je vois que tu te rattaches à la vie. Tant mieux, nous nous entendrons, et cela rapidement. »

Il alluma la cigarette du jeune homme, la sienne, et, tout de suite, en quelques mots, d'une voix sèche, il s'expliqua :

« Feu Gérard Baupré, tu étais las de vivre, malade, sans argent, sans espoir... Veux-tu être bien portant, riche, puissant ?

— Je ne saisis pas.

— C'est bien simple. Le hasard t'a mis sur mon chemin, tu es jeune, joli garçon, poète, tu es intelligent, et — ton acte de désespoir le prouve — d'une belle honnêteté. Ce sont là des qualités que l'on trouve rarement réunies. Je les estime... et je les prends à mon compte.

— Elles ne sont pas à vendre.

— Imbécile ! Qui te parle de vente ou d'achat ?

Garde ta conscience. C'est un joyau trop précieux pour que je t'en délivre.

— Alors qu'est-ce que vous me demandez ?

— Ta vie ! »

Et, désignant la gorge encore meurtrie du jeune homme :

« Ta vie ! ta vie que tu n'as pas su employer ! Ta vie que tu as gâchée, perdue, détruite, et que je prétends refaire, moi, et suivant un idéal de beauté, de grandeur et de noblesse qui te donnerait le vertige, mon petit, si tu entrevoyais le gouffre où plonge ma pensée secrète... »

Il avait saisi entre ses mains la tête de Gérard, et il continuait avec une emphase ironique :

« Tu es libre ! Pas d'entraves ! Tu n'as plus à subir le poids de ton nom ! Tu as effacé ce numéro matricule que la société avait imprimé sur toi comme un fer rouge sur l'épaule. Tu es libre ! Dans ce monde d'esclaves où chacun porte son étiquette, toi tu peux, ou bien aller et venir inconnu, invisible, comme si tu possédais l'anneau de Gygès... ou bien choisir ton étiquette, celle qui te plaît ! Comprends-tu ?... comprends-tu le trésor magnifique que tu représentes pour un artiste, pour toi si tu le veux ? Une vie vierge, toute neuve ! Ta vie, c'est de la cire que tu as le droit de modeler à ta guise, selon les fantaisies de ton imagination ou les conseils de ta raison. »

Le jeune homme eut un geste de lassitude.

« Eh ! que voulez-vous que je fasse de ce trésor ? Qu'en ai-je fait jusqu'ici ? Rien.

— Donne-le-moi.

— Qu'en pourrez-vous faire ?

— Tout. Si tu n'es pas un artiste, j'en suis un, moi ! et enthousiaste, inépuisable, indomptable, débordant. Si tu n'as pas le feu sacré, je l'ai, moi ! Où tu as échoué, je réussirai, moi ! Donne-moi ta vie.

— Des mots, des promesses !... s'écria le jeune homme dont le visage s'animait... Des songes creux ! Je sais bien ce que je vaux !... Je connais ma lâcheté, mon découragement, mes efforts qui avortent, toute ma misère. Pour recommencer ma vie, il me faudrait une volonté que je n'ai pas...

— J'ai la mienne...
— Des amis...
— Tu en auras !
— Des ressources...
— Je t'en apporte, et quelles ressources ! Tu n'auras qu'à puiser, comme on puiserait dans un coffre magique.
— Mais qui êtes-vous donc ? s'écria le jeune homme avec égarement.
— Pour les autres, le prince Sernine... Pour toi... qu'importe ! Je suis plus que prince, plus que roi, plus qu'empereur.
— Qui êtes-vous ?... qui êtes-vous ? balbutia Baupré.
— Le Maître... celui qui veut et qui peut... celui qui agit... Il n'y a pas de limites à ma volonté, il n'y en a pas à mon pouvoir. Je suis plus riche que le plus riche, car sa fortune m'appartient... Je suis plus puissant que les plus forts, car leur force est à mon service. »

Il lui saisit de nouveau la tête, et le pénétrant de son regard :

« Sois riche aussi... sois fort... c'est le bonheur que je t'offre... c'est la douceur de vivre... la paix pour ton cerveau de poète... c'est la gloire aussi. Acceptes-tu ?
— Oui... oui... murmura Gérard, ébloui et dominé... Que faut-il faire ?
— Rien.
— Cependant...
— Rien, te dis-je. Tout l'échafaudage de mes projets repose sur toi, mais tu ne comptes pas. Tu n'as pas à jouer de rôle actif. Tu n'es, pour l'instant, qu'un figurant... même pas ! un pion que je pousse.
— Que ferai-je ?
— Rien... des vers ! Tu vivras à ta guise. Tu auras de l'argent. Tu jouiras de la vie. Je ne m'occuperai

même pas de toi. Je te le répète, tu ne joues pas de rôle dans mon aventure.

— Et qui serai-je ? »

Sernine tendit le bras et montra la chambre voisine :

« Tu prendras la place de celui-là. *Tu es celui-là.* »

Gérard tressaillit de révolte et de dégoût.

« Oh ! non ! celui-là est mort... et puis... c'est un crime... non, je veux une vie nouvelle, faite pour moi, imaginée pour moi... un nom inconnu...

— Celui-là, te dis-je, s'écria Sernine, irrésistible d'énergie et d'autorité... tu seras celui-là et pas un autre ! Celui-là, parce que son destin est magnifique, parce que son nom est illustre et qu'il te transmet un héritage dix fois séculaire de noblesse et d'orgueil.

— C'est un crime, gémit Baupré, tout défaillant...

— Tu seras celui-là, proféra Sernine avec une violence inouïe... celui-là ! Sinon tu redeviens Baupré, et sur Baupré, j'ai droit de vie ou de mort. Choisis. »

Il tira son revolver, l'arma et le braqua sur le jeune homme.

« Choisis ! » répéta-t-il.

L'expression de son visage était implacable. Gérard eut peur et s'abattit sur le lit en sanglotant.

« Je veux vivre !

— Tu le veux fermement, irrévocablement ?

— Oui, mille fois oui ! Après la chose affreuse que j'ai tentée, la mort m'épouvante... Tout... tout plutôt que la mort !... Tout !... la souffrance... la faim... la maladie... toutes les tortures, toutes les infamies... le crime même, s'il le faut... mais pas la mort. »

Il frissonnait de fièvre et d'angoisse, comme si la grande ennemie rôdait encore autour de lui et qu'il se sentît impuissant à fuir l'étreinte de ses griffes.

Le prince redoubla d'efforts, et d'une voix ardente, le tenant sous lui comme une proie :

« Je ne te demande rien d'impossible, rien de mal... S'il y a quelque chose, j'en suis responsable... Non, pas de crime... un peu de souffrance, tout au plus..., un peu de ton sang qui coulera. Mais qu'est-ce que c'est, auprès de l'effroi de mourir ?

— La souffrance m'est indifférente.

— Alors, tout de suite ! clama Sernine. Tout de suite ! dix secondes de souffrance, et ce sera tout... dix secondes, et la vie de l'autre t'appartiendra... »

Il l'avait empoigné à bras-le-corps, et, courbé sur une chaise, il lui tenait la main gauche à plat sur la table, les cinq doigts écartés. Rapidement il sortit de sa poche un couteau, en appuya le tranchant contre le petit doigt, entre la première et la deuxième jointure, et ordonna :

« Frappe ! frappe toi-même ! un coup de poing et c'est tout ! »

Il lui avait pris la main droite et cherchait à l'abattre sur l'autre comme un marteau.

Gérard se tordit, convulsé d'horreur. Il comprenait.

« Jamais ! bégaya-t-il, jamais !

— Frappe ! un seul coup et c'est fait, un seul coup, et tu seras pareil à cet homme, nul ne te reconnaîtra.

— Son nom...

— Frappe d'abord...

— Jamais ! oh ! quel supplice... Je vous en prie... plus tard...

— Maintenant... je le veux... il le faut...

— Non... non... je ne peux pas...

— Mais frappe donc, imbécile, c'est la fortune, la gloire, l'amour. »

Gérard leva le poing, dans un élan...

« L'amour, dit-il... oui... pour cela, oui...

— Tu aimeras et tu seras aimé, proféra Sernine. Ta fiancée t'attend. C'est moi qui l'ai choisie. Elle est plus pure que les plus pures, plus belle que les plus belles. Mais il faut la conquérir. Frappe ! »

Le bras se raidit pour le mouvement fatal, mais l'instinct fut plus fort. Une énergie surhumaine convulsa le jeune homme. Brusquement il rompit l'étreinte de Sernine et s'enfuit.

Il courut comme un fou vers l'autre pièce. Un hurlement de terreur lui échappa, à la vue de l'abominable spectacle, et il revint tomber auprès de la table, à genoux devant Sernine.

« Frappe ! » dit celui-ci en étalant de nouveau les cinq doigts et en disposant la lame du couteau.

Ce fut mécanique. D'un geste d'automate, les yeux hagards, la face livide, le jeune homme leva son poing et frappa.

« Ah ! » fit-il, dans un gémissement de douleur.

Le petit bout de chair avait sauté. Du sang coulait. Pour la troisième fois, il s'était évanoui.

Sernine le regarda quelques secondes et prononça doucement :

« Pauvre gosse !... Va, je te revaudrai ça, et au centuple. Je paie toujours royalement. »

Il descendit et retrouva le docteur en bas :

« C'est fini. A ton tour... Monte et fais-lui une incision dans la joue droite, pareille à celle de Pierre Leduc. Il faut que les deux cicatrices soient identiques. Dans une heure, je viens le rechercher.

— Où allez-vous ?

— Prendre l'air. J'ai le cœur qui chavire. »

Dehors il respira longuement, puis il alluma une autre cigarette.

« Bonne journée, murmura-t-il. Un peu chargée, un peu fatigante, mais féconde, vraiment féconde. Me voici l'ami de Dolorès Kesselbach. Me voici l'ami de Geneviève. Je me suis confectionné un nouveau Pierre Leduc fort présentable et entièrement à ma dévotion. Et enfin j'ai trouvé pour Geneviève un mari comme on n'en trouve pas à la douzaine. Maintenant ma tâche est finie. Je n'ai plus qu'à recueillir le fruit de mes efforts. A vous de travailler, monsieur Lenormand. Moi, je suis prêt. »

Et il ajouta, en songeant au malheureux mutilé qu'il avait ébloui de ses promesses :

« Seulement... il y a un seulement... j'ignore tout à fait ce qu'était ce Pierre Leduc dont j'ai octroyé généreusement la place à ce bon jeune homme. Et ça, c'est embêtant... Car, enfin, rien ne me prouve que Pierre Leduc n'était pas le fils d'un charcutier !... »

M. LENORMAND À L'OUVRAGE

I

Le 31 mai, au matin, tous les journaux rappelaient que Lupin, dans une lettre écrite à M. Lenormand, avait annoncé pour cette date l'évasion de l'huissier Jérôme.

Et l'un deux résumait fort bien la situation à ce jour :

« L'affreux carnage du Palace Hôtel remonte au 17 avril. Qu'a-t-on découvert depuis ? Rien.

« On avait trois indices : l'étui à cigarettes, les lettres L et M, le paquet de vêtements oublié dans le bureau de l'hôtel. Quel profit en a-t-on tiré ? Aucun.

« On soupçonne, paraît-il, un des voyageurs qui habitaient le premier étage, et dont la disparition semble suspecte. L'a-t-on retrouvé ? A-t-on établi son identité ? Non.

« Donc, le drame est aussi mystérieux qu'à la première heure, les ténèbres aussi épaisses.

« Pour compléter ce tableau, on nous assure qu'il y aurait désaccord entre le préfet de police et son subordonné M. Lenormand, et que celui-ci, moins vigoureusement soutenu par le président du Conseil, aurait virtuellement donné sa démission depuis plusieurs jours. L'affaire Kesselbach serait poursuivie par le sous-chef de la Sûreté, M. Weber, l'ennemi personnel de M. Lenormand.

« Bref, c'est le désordre, l'anarchie.

« En face, Lupin, c'est-à-dire la méthode, l'énergie, l'esprit de suite.

« Notre conclusion ? Elle sera brève. Lupin enlèvera son complice aujourd'hui, 31 mai, ainsi qu'il l'a prédit. »

Cette conclusion, que l'on retrouvait dans toutes les autres feuilles, c'était celle également que le public avait adoptée. Et il faut croire que la menace n'avait pas été non plus sans porter en haut lieu, car le préfet de police, et, en l'absence de M. Lenormand, soi-disant malade, le sous-chef de la Sûreté, M. Weber, avaient pris les mesures les plus rigoureuses, tant au Palais de justice qu'à la prison de la Santé où se trouvait le prévenu.

Par pudeur on n'osa point suspendre, ce jour-là, les interrogatoires quotidiens de M. Formerie, mais, de la prison au boulevard du Palais, une véritable mobilisation de forces de police gardait les rues du parcours.

Au grand étonnement de tous, le 31 mai se passa et l'évasion annoncée n'eut pas lieu.

Il y eut bien quelque chose, un commencement d'exécution qui se traduisit par un embarras de tramways, d'omnibus et de camions au passage de la voiture cellulaire, et le bris inexplicable d'une des roues de cette voiture. Mais la tentative ne se précisa point davantage.

C'était donc l'échec. Le public en fut presque déçu, et la police triompha bruyamment.

Or, le lendemain, samedi, un bruit incroyable se répandit dans le Palais, courut dans les bureaux de rédaction : l'huissier Jérôme avait disparu.

Etait-ce possible ?

Bien que les éditions spéciales confirmassent la nouvelle, on se refusait à l'admettre. Mais, à six heures, une note publiée par la *Dépêche du Soir* la rendit officielle :

Nous recevons la communication suivante signée d'Arsène Lupin. Le timbre spécial qui s'y trouve apposé, conformément à la circulaire que Lupin adressait dernièrement à la presse, nous certifie l'authenticité du document.

« Monsieur le Directeur,

« Veuillez m'excuser auprès du public de n'avoir point tenu ma parole hier. Au dernier moment je me suis aperçu que le 31 mai tombait un vendredi ! Pouvais-je, un vendredi, rendre la liberté à mon ami ? Je n'ai pas cru devoir assumer une telle responsabilité.

Je m'excuse aussi de ne point donner ici, avec ma franchise habituelle, des explications sur la façon dont ce petit événement s'est effectué. Mon procédé est tellement ingénieux et tellement simple que je craindrais, en le dévoilant, que tous les malfaiteurs ne s'en inspirassent. Quel étonnement le jour où il me sera permis de parler ! C'est tout cela, dira-t-on ? Pas davantage, mais il fallait y penser.

« Je vous prie d'agréer, monsieur le Directeur...

« Signé : ARSÈNE LUPIN. »

Une heure après, M. Lenormand recevait un coup de téléphone : Valenglay, le président du Conseil, le demandait au ministère de l'Intérieur.

« Quelle bonne mine vous avez, mon cher Lenormand ! Et moi qui vous croyais malade et qui n'osais pas vous déranger !

— Je ne suis pas malade, monsieur le président.

— Alors, cette absence, c'était par bouderie !... Toujours ce mauvais caractère.

— Que j'aie mauvais caractère, monsieur le président, je le confesse... mais que je boude, non.

— Mais vous restez chez vous ! et Lupin en profite pour donner la clef des champs à ses amis...

— Pouvais-je l'en empêcher ?

— Comment ! mais la ruse de Lupin est grossière. Selon son procédé habituel, il a annoncé la date de l'évasion, tout le monde y a cru, un semblant de tentative a été esquissé, l'évasion ne s'est pas produite, et le lendemain, quand personne n'y pense plus, pffft, les oiseaux s'envolent.

— Monsieur le président, dit gravement le chef de la Sûreté, Lupin dispose de moyens tels que nous ne sommes pas en mesure d'empêcher ce qu'il a décidé. L'évasion était certaine, mathématique. J'ai préféré passer la main... et laisser le ridicule aux autres. »

Valenglay ricana :

« Il est de fait que M. le préfet de police, à l'heure actuelle, et que M. Weber ne doivent pas se réjouir... Mais enfin, pouvez-vous m'expliquer, Lenormand ?...

— Tout ce qu'on sait, monsieur le président, c'est que l'évasion s'est produite au Palais de justice. Le prévenu a été amené dans une voiture cellulaire et conduit dans le cabinet de M. Formerie... mais il n'est pas sorti du Palais de justice. Et cependant on ne sait ce qu'il est devenu.

— C'est ahurissant.

— Ahurissant.

— Et l'on n'a fait aucune découverte ?

— Si. Le couloir intérieur qui longe les cabinets d'instruction était encombré d'une foule absolument insolite de prévenus, de gardes, d'avocats, d'huissiers, et l'on a fait cette découverte que tous ces gens avaient reçu de fausses convocations à comparaître à la même heure. D'autre part, aucun des juges d'instruction qui les avaient soi-disant convoqués n'est venu ce jour-là à son cabinet, et cela par suite de fausses convocations du parquet, les envoyant dans tous les coins de Paris... et de la banlieue.

— C'est tout ?

— Non. On a vu deux gardes municipaux et un prévenu qui traversaient les cours. Dehors, un fiacre les attendait où ils sont montés tous les trois.

— Et votre hypothèse, Lenormand ? Votre opinion ?

— Mon hypothèse, monsieur le président, c'est que les deux gardes municipaux étaient des complices qui, profitant du désordre du couloir, se sont substitués aux vrais gardes. Et mon opinion, c'est que cette évasion n'a pu réussir que grâce à des circonstances si spéciales, à un ensemble de faits si étrange, que nous devons admettre comme certaines les complicités les plus inadmissibles. Au Palais, ailleurs, Lupin a des attaches qui déjouent tous nos calculs. Il en a dans la préfecture de police, il en a autour de moi. C'est une organisation formidable, un service de la Sûreté mille fois plus habile, plus audacieux, plus divers et plus souple que celui que je dirige.

— Et vous supportez cela, Lenormand !

— Non.

— Alors, pourquoi votre inertie depuis le début de cette affaire ? Qu'avez-vous fait contre Lupin ?

— J'ai préparé la lutte.

— Ah ! parfait ! Et pendant que vous prépariez, il agissait, lui.

— Moi aussi.

— Et vous savez quelque chose ?

— Beaucoup.

— Quoi ? parlez donc. »

M. Lenormand fit, en s'appuyant sur sa canne, une petite promenade méditative à travers la vaste pièce. Puis il s'assit en face de Valenglay, brossa du bout de ses doigts les parements de sa redingote olive, consolida sur son nez ses lunettes à branches d'argent, et lui dit nettement :

« Monsieur le président, j'ai dans la main trois atouts. D'abord, je sais le nom sous lequel se cache actuellement Arsène Lupin, le nom sous lequel il habitait boulevard Haussmann, recevant chaque jour ses collaborateurs, reconstituant et dirigeant sa bande.

— Mais alors, nom d'un chien, pourquoi ne l'arrêtez-vous pas ?

— Je n'ai eu ces renseignements qu'après coup. Depuis, le prince... appelons-le prince Trois Etoiles, a disparu. Il est à l'étranger pour d'autres affaires.

— Et s'il ne reparaît pas ?

— La situation qu'il occupe, la manière dont il s'est engagé dans l'affaire Kesselbach exigent qu'il reparaisse, et sous le même nom.

— Néanmoins...

— Monsieur le président, j'en arrive à mon second atout. J'ai fini par découvrir Pierre Leduc.

— Allons donc !

— Ou plutôt, c'est Lupin qui l'a découvert, et c'est Lupin qui, avant de disparaître, l'a installé dans une petite villa aux environs de Paris.

— Fichtre ! mais comment avez-vous su ?...

— Oh ! facilement. Lupin a placé auprès de Pierre Leduc, comme surveillants et défenseurs, deux de ses complices. Or, ces complices sont des agents à moi, deux frères que j'emploie en grand secret et qui me le livreront à la première occasion.

— Bravo ! bravo ! de sorte que...

— De sorte que, comme Pierre Leduc est, pourrait-on dire, le point central autour duquel convergent tous les efforts de ceux qui sont en quête du fameux secret Kesselbach... par Pierre Leduc, j'aurai un jour ou l'autre : 1° l'auteur du triple assassinat, puisque ce misérable s'est substitué à M. Kesselbach dans l'accomplissement d'un projet grandiose, et jusqu'ici inconnu, et puisque M. Kesselbach avait besoin de retrouver Pierre Leduc pour l'accomplissement de ce projet ; 2° j'aurai Arsène Lupin, puisque Arsène Lupin poursuit le même but.

— A merveille. Pierre Leduc est l'appât que vous tendez à l'ennemi.

— Et le poisson mord, monsieur le président. Je viens de recevoir un avis par lequel on a vu tantôt un individu suspect qui rôdait autour de la petite villa que Pierre Leduc occupe sous la protection de mes deux agents secrets. Dans quatre heures, je serai sur les lieux.

— Et le troisième atout, Lenormand ?

— Monsieur le président, il est arrivé hier à l'adresse de M. Rudolf Kesselbach une lettre que j'ai interceptée.

— Interceptée, vous allez bien.

— ... que j'ai ouverte et que j'ai gardée pour moi. La voici. Elle date de deux mois. Elle est timbrée du Cap et contient ces mots :

« Mon bon Rudolf, je serai le 1er juin à Paris, et toujours aussi misérable que quand vous m'avez secouru. Mais j'espère beaucoup dans cette affaire de Pierre Leduc que je vous ai indiquée. Quelle étrange histoire ! L'avez-vous retrouvé, lui ? Où en sommes-nous ? J'ai hâte de le savoir.

« Signé : votre fidèle STEINWEG. »

« Le 1er juin, continua M. Lenormand, c'est aujourd'hui. J'ai chargé un de mes inspecteurs de me dénicher ce nommé Steinweg. Je ne doute pas de la réussite.

— Moi non plus, je n'en doute pas, s'écria Valenglay en se levant, et je vous fais toutes mes excuses, mon cher Lenormand, et mon humble confession : j'étais sur le point de vous lâcher... mais en plein ! Demain, j'attendais le préfet de police et M. Weber.

— Je le savais, monsieur le président.

— Pas possible !

— Sans quoi, me serais-je dérangé ? Aujourd'hui vous voyez mon plan de bataille. D'un côté je tends des pièges où l'assassin finira par se prendre : Pierre Leduc ou Steinweg me le livreront. De l'autre côté je rôde autour de Lupin. Deux de ses agents sont à ma solde et il les croit ses plus dévoués collaborateurs. En outre, il travaille pour moi, puisqu'il poursuit comme moi l'auteur du triple assassinat. Seulement il s'imagine me rouler, et c'est moi qui le roule. Donc, je réussirai, mais à une condition.

— Laquelle ?

— C'est que j'aie les coudées franches, et que je puisse agir selon les nécessités du moment sans me soucier du public qui s'impatiente et de mes chefs qui intriguent contre moi.

— C'est convenu.

— En ce cas, monsieur le président, d'ici quelques jours je serai vainqueur... ou je serai mort. »

II

A Saint-Cloud. Une petite villa située sur l'un des points les plus élevés du plateau, le long d'un chemin peu fréquenté. Il est onze heures du soir. M. Lenormand a laissé son automobile à Saint-Cloud, et, suivant le chemin avec précaution, il s'approche.

Une ombre se détache.

« C'est toi, Gourel ?

— Oui, chef.

— Tu as prévenu les frères Doudeville de mon arrivée ?

— Oui, votre chambre est prête, vous pouvez vous coucher et dormir... A moins qu'on n'essaie d'enlever Pierre Leduc cette nuit, ce qui ne m'étonnerait pas, étant donné le manège de l'individu que les Doudeville ont aperçu. »

Ils franchirent le jardin, entrèrent doucement, et montèrent au premier étage. Les deux frères Jean et Jacques Doudeville étaient là.

« Pas de nouvelles du prince Sernine ? leur demanda-t-il.

— Aucune, chef.

— Pierre Leduc ?

— Il reste étendu toute la journée dans sa chambre du rez-de-chaussée, ou dans le jardin. Il ne monte jamais nous voir.

— Il va mieux ?

— Bien mieux. Le repos le transforme à vue d'œil.

— Il est tout dévoué à Lupin ?

— Au prince Sernine plutôt, car il ne se doute pas que les deux ça ne fait qu'un. Du moins, je le suppose, on ne sait rien avec lui. Il ne parle jamais Ah ! c'est un drôle de pistolet. Il n'y a qu'une personne qui ait le don de l'animer, de le faire causer, et même rire. C'est une jeune fille de Garches, à laquelle le prince Sernine l'a présenté, Geneviève Ernemont. Elle est venue trois fois déjà... Encore aujourd'hui... »

Il ajouta en plaisantant :

« Je crois bien qu'on flirte un peu... C'est comme Son Altesse le prince Sernine et Mme Kesselbach... il paraît qu'il lui fait des yeux !... ce sacré Lupin !... »

M. Lenormand ne répondit pas. On sentait que tous ces détails, dont il ne paraissait pas faire état, s'enregistraient au plus profond de sa mémoire, pour l'instant où il lui faudrait en tirer les conclusions logiques.

Il alluma un cigare, le mâchonna sans le fumer, le ralluma et le laissa tomber.

Il posa encore deux ou trois questions, puis, tout habillé, il se jeta sur son lit.

« S'il y a la moindre chose, qu'on me réveille... Sinon, je dors. Allez... chacun à son poste. »

Les autres sortirent. Une heure s'écoula, deux heures...

Soudain, M. Lenormand sentit qu'on le touchait, et Gourel lui dit :

« Debout, chef, on a ouvert la barrière.

— Un homme, deux hommes ?

— Je n'en ai vu qu'un... La lune a paru à ce moment... il s'est accroupi contre un massif.

— Et les frères Doudeville ?

— Je les ai envoyés dehors, par-derrière. Ils lui couperont la retraite quand le moment sera venu. »

Gourel saisit la main de M. Lenormand, le conduisit en bas, puis dans une pièce obscure.

« Ne bougez pas, chef, nous sommes dans le cabinet de toilette de Pierre Leduc. J'ouvre la porte de l'alcôve où il couche... Ne craignez rien... il a pris son véronal comme tous les soirs... rien ne le réveille. Venez là... Hein, la cachette est bonne ?... ce sont les rideaux de son lit... D'ici, vous voyez la fenêtre et tout le côté de la chambre qui va du lit à la fenêtre. »

Elle était grande ouverte, cette fenêtre, et une confuse clarté pénétrait, très précise par moments, lorsque la lune écartait le voile des nuages.

Les deux hommes ne quittaient pas des yeux le cadre vide de la croisée, certains que l'événement attendu se produirait par là.

Un léger bruit... un craquement...

« Il escalade le treillage, souffla Gourel.

— C'est haut ?

— Deux mètres... deux mètres cinquante... »

Les craquements se précisèrent.

« Va-t'en, Gourel, murmura Lenormand, rejoins les Doudeville... ramène-les au pied du mur, et barrez la route à quiconque descendra d'ici. »

Gourel s'en alla.

Au même moment une tête apparut au ras de la fenêtre, puis une ombre enjamba le balcon. M. Lenormand distingua un homme mince, de taille au-dessous de la moyenne, vêtu de couleur foncée, et sans chapeau.

L'homme se retourna et, penché au-dessus du balcon, regarda quelques secondes dans le vide comme pour s'assurer qu'aucun danger ne le menaçait. Puis il se courba et s'étendit sur le parquet. Il semblait immobile. Mais, au bout d'un instant, M. Lenormand se rendit compte que la tache noire qu'il formait dans l'obscurité avançait, s'approchait.

Elle gagna le lit.

Il eut l'impression qu'il entendait la respiration de cet être, et même qu'il devinait ses yeux, des yeux étincelants, aigus, qui perçaient les ténèbres comme des traits de feu, et qui *voyaient*, eux, à travers ces ténèbres.

Pierre Leduc eut un profond soupir et se retourna.

De nouveau le silence.

L'être avait glissé le long du lit par mouvements insensibles, et la silhouette sombre se détachait sur la blancheur des draps qui pendaient.

Si M. Lenormand avait allongé le bras, il l'eût touché. Cette fois il distingua nettement cette respiration nouvelle qui alternait avec celle du dormeur, et il eut l'illusion qu'il percevait aussi le bruit d'un cœur qui battait.

Tout à coup un jet de lumière... L'homme avait fait jouer le ressort d'une lanterne électrique à projecteur, et Pierre Leduc se trouva éclairé en plein visage. Mais l'homme, lui, restait dans l'ombre, et M. Lenormand ne put voir sa figure.

Il vit seulement quelque chose qui luisait dans le champ de la clarté, et il tressaillit. C'était la lame d'un couteau, et ce couteau, effilé, menu, stylet plutôt que poignard, lui parut identique au couteau qu'il avait ramassé près du cadavre de Chapman, le secrétaire de M. Kesselbach.

De toute sa volonté il se retint pour ne pas sauter sur l'homme. Auparavant, il voulait voir ce qu'il venait faire...

La main se leva. Allait-elle frapper ? M. Lenormand calcula la distance pour arrêter le coup. Mais non, ce n'était pas un geste de meurtre, mais un geste de précaution.

Si Pierre Leduc remuait, s'il tentait d'appeler, la main s'abattrait. Et l'homme s'inclina vers le dormeur, comme s'il examinait quelque chose.

« La joue droite... pensa M. Lenormand, la cicatrice de la joue droite... il veut s'assurer que c'est bien Pierre Leduc. »

L'homme s'était un peu tourné, de sorte qu'on n'apercevait que les épaules. Mais les vêtements, le pardessus étaient si proches qu'ils frôlaient les rideaux derrière lesquels se cachait M. Lenormand.

« Un mouvement de sa part, pensa-t-il, un frisson d'inquiétude, et je l'empoigne. »

Mais l'homme ne bougea pas, tout entier à son examen.

Enfin, après avoir passé son poignard dans la main qui tenait la lanterne, il releva le drap de lit, à peine d'abord, puis un peu plus, puis davantage, de sorte qu'il advint que le bras gauche du dormeur fut découvert et que la main fut à nu.

Le jet de la lanterne éclaira cette main. Quatre doigts s'étalaient. Le cinquième était coupé à la seconde phalange.

Une deuxième fois Pierre Leduc fit un mouvement. Aussitôt la lumière s'éteignit, et durant un instant l'homme resta auprès du lit, immobile, tout droit. Allait-il se décider à frapper ? M. Lenormand eut l'angoisse du crime qu'il pouvait empêcher si aisément, mais qu'il ne voulait prévenir cependant qu'à la seconde suprême.

Un long, un très long silence. Subitement, il eut la vision, inexacte d'ailleurs, d'un bras qui se levait. Instinctivement il bougea, tendant la main au-dessus du dormeur. Dans son geste il heurta l'homme.

Un cri sourd. L'individu frappa dans le vide, se défendit au hasard, puis s'enfuit vers la fenêtre. Mais M. Lenormand avait bondi sur lui, et lui encerclait les épaules de ses deux bras.

Tout de suite, il le sentit qui cédait, et qui, plus faible, impuissant, se dérobait à la lutte et cherchait à glisser entre ses bras. De toutes ses forces il le plaqua contre lui, le ploya en deux et l'étendit à la renverse sur le parquet.

« Ah ! je te tiens... je te tiens », murmura-t-il, triomphant.

Et il éprouvait une singulière ivresse à emprisonner de son étreinte irrésistible ce criminel effrayant, ce monstre innommable. Il se sentait vivre et frémir, rageur et désespéré, leurs deux existences mêlées, leurs souffles confondus.

« Qui es-tu ? dit-il... qui es-tu ?... il faudra bien parler... »

Et il serrait le corps de l'ennemi avec une énergie croissante, car il avait l'impression que ce corps diminuait entre ses bras, qu'il s'évanouissait. Il serra davantage... et davantage...

Et soudain il frissonna des pieds à la tête. Il avait senti, il sentait une toute petite piqûre à la gorge... Exaspéré, il serra encore plus : la douleur augmenta. Et il se rendit compte que l'homme avait réussi à tordre son bras, à glisser sa main jusqu'à sa poitrine et à dresser son poignard. Le bras, certes, était immobilisé, mais à mesure que M. Lenormand resserrait le nœud de l'étreinte, la pointe du poignard entrait dans la chair offerte.

Il renversa un peu la tête pour échapper à cette pointe : la pointe suivit le mouvement et la plaie s'élargit.

Alors il ne bougea plus, assailli par le souvenir des trois crimes, et par tout ce que représentait d'effarant, d'atroce et de fatidique cette même petite aiguille d'acier qui trouait sa peau, et qui s'enfonçait, elle aussi, implacablement...

D'un coup, il lâcha prise et bondit en arrière. Puis, tout de suite, il voulut reprendre l'offensive. Trop tard.

L'homme enjambait la fenêtre et sautait.

« Attention, Gourel ! » cria-t-il, sachant que Gourel était là, prêt à recevoir le fugitif.

Il se pencha.

Un froissement de galets... une ombre entre deux arbres... le claquement de la barrière... Et pas d'autre bruit... Aucune intervention...

Sans se soucier de Pierre Leduc, il appela :

« Gourel !... Doudeville ! »

Aucune réponse. Le grand silence nocturne de la campagne...

Malgré lui il songea encore au triple assassinat, au stylet d'acier. Mais non, c'était impossible, l'homme n'avait pas eu le temps de frapper, il n'en avait même pas eu besoin, ayant trouvé le chemin libre.

A son tour il sauta et, faisant jouer le ressort de sa lanterne, il reconnut Gourel qui gisait sur le sol.

« Crebleu ! jura-t-il... S'il est mort, on me le paiera cher. »

Mais Gourel vivait, étourdi seulement, et, quelques minutes plus tard, revenant à lui, il grognait :

« Un coup de poing, chef... un simple coup de poing en pleine poitrine. Mais quel gaillard !

— Ils étaient deux alors ?

— Oui, un petit, qui est monté, et puis un autre qui m'a surpris pendant que je veillais.

— Et les Doudeville ?

— Pas vus. »

On retrouva l'un d'eux, Jacques, près de la barrière, tout sanglant, la mâchoire démolie, l'autre un peu plus loin, suffoquant, la poitrine défoncée.

« Quoi ? Qu'y a-t-il ? » demanda M. Lenormand.

Jacques raconta que son frère et lui s'étaient heurtés à un individu qui les avait mis hors de combat avant qu'ils n'eussent le temps de se défendre.

« Il était seul ?

— Non, quand il est repassé près de nous, il était accompagné d'un camarade, plus petit que lui.

— As-tu reconnu celui qui t'a frappé ?

— A la carrure, ça m'a semblé l'Anglais du Palace Hôtel, celui qui a quitté l'hôtel et dont nous avons perdu la trace.

— Le major ?

— Oui, le major Parbury. »

III

Après un instant de réflexion, M. Lenormand prononça :

« Le doute n'est plus permis. Ils étaient deux dans l'affaire Kesselbach, l'homme au poignard, qui a tué, et son complice, le major.

— C'est l'avis du prince Sernine, murmura Jacques Doudeville.

— Et ce soir, continua le chef de la Sûreté, ce sont eux encore... les deux mêmes. »

Et il ajouta :

« Tant mieux. On a cent fois plus de chances de prendre deux coupables qu'un seul. »

M. Lenormand soigna ses hommes, les fit mettre au lit, et chercha si les assaillants n'avaient point perdu quelque objet ou laissé quelque trace. Il ne trouva rien, et se coucha.

Au matin, Gourel et les Doudeville ne se ressentant pas trop de leurs blessures, il ordonna aux deux frères de battre les environs, et il partit avec Gourel pour Paris, afin d'expédier ses affaires et de donner ses ordres.

Il déjeuna dans son bureau. A deux heures, il apprit une bonne nouvelle. Un de ses meilleurs agents, Dieuzy, avait cueilli, à la descente d'un train venant de Marseille, l'Allemand Steinweg, le correspondant de Rudolf Kesselbach.

« Dieuzy est là ? dit-il.

— Oui, chef, répondit Gourel, il est là avec l'Allemand.

— Qu'on me les amène. »

A ce moment il reçut un coup de téléphone. C'était Jean Doudeville qui le demandait, du bureau de Garches. La communication fut rapide.

« C'est toi, Jean ? du nouveau ?

— Oui, chef, le major Parbury...

— Eh bien ?

— Nous l'avons retrouvé. Il est devenu Espagnol et il s'est bruni la peau. Nous venons de le voir. Il pénétrait dans l'école libre de Garches. Il a été reçu par cette demoiselle... vous savez, la jeune fille qui connaît le prince Sernine, Geneviève Ernemont.

— Tonnerre ! »

M. Lenormand lâcha l'appareil, sauta sur son chapeau, se précipita dans le couloir, rencontra Dieuzy et l'Allemand, et leur cria :

« A six heures... rendez-vous ici... »

Il dégringola l'escalier, suivi de Gourel et de trois inspecteurs qu'il avait cueillis au passage, et s'engouffra dans son automobile.

« A Garches... dix francs de pourboire. »

Un peu avant le parc de Villeneuve, au détour de la ruelle qui conduit à l'école, il fit stopper. Jean Doudeville, qui l'attendait, s'écria aussitôt :

« Le coquin a filé par l'autre côté de la ruelle, il y a dix minutes.

— Seul ?

— Non, avec la jeune fille. »

M. Lenormand empoigna Doudeville au collet :

« Misérable ! tu l'as laissé partir ! mais il fallait...

— Mon frère est sur sa piste.

— Belle avance ! il le sèmera, ton frère. Est-ce que vous êtes de force ? »

Il prit lui-même la direction de l'auto et s'engagea résolument dans la ruelle, insouciant des ornières et des fourrés. Très vite, ils débouchèrent sur un chemin vicinal qui les conduisit à un carrefour où s'embranchaient cinq routes. Sans hésiter, M. Lenormand choisit la route de gauche, celle de Saint-Cucufa. De fait, au haut de la côte qui descend vers l'étang, ils dépassèrent l'autre frère Doudeville qui leur cria :

« Ils sont en voiture... à un kilomètre. »

Le chef n'arrêta pas. Il lança l'auto dans la descente, brûla les virages, contourna l'étang et soudain jeta une exclamation de triomphe.

Au sommet d'une petite montée qui se dressait au-devant d'eux, il avait vu la capote d'une voiture.

Malheureusement, il s'était engagé sur une mauvaise route. Il dut faire machine en arrière.

Quand il fut revenu à l'embranchement, la voiture était encore là, arrêtée. Et, tout de suite, pendant qu'il virait, il aperçut une femme qui sautait de la voiture. Un homme apparut sur le marchepied. La femme allongea le bras. Deux détonations retentirent.

Elle avait mal visé sans doute, car une tête surgit de l'autre côté de la capote, et l'homme, avisant l'automobile, cingla d'un grand coup de fouet son cheval qui partit au galop. Et aussitôt un tournant cacha la voiture.

En quelques secondes, M. Lenormand acheva la manœuvre, piqua droit sur la montée, dépassa la jeune fille sans s'arrêter, et hardiment tourna.

C'était un chemin forestier qui descendait, abrupt et rocailleux, entre des bois épais, et qu'on ne pouvait suivre que très lentement, avec les plus grandes précautions. Mais qu'importait ! A vingt pas en avant, la voiture, une sorte de cabriolet à deux roues, dansait sur les pierres, traînée, retenue plutôt par un cheval qui ne se risquait que prudemment et à pas comptés. Il n'y avait plus rien à craindre, la fuite était impossible.

Et les deux véhicules roulèrent de haut en bas, cahotés et secoués. Un moment même, ils furent si près l'un de l'autre que M. Lenormand eut l'idée de mettre pied à terre et de courir avec ses hommes. Mais il sentit le péril qu'il y aurait à freiner sur une pente aussi brutale, et il continua, serrant l'ennemi de près, comme une proie que l'on tient à portée de son regard, à portée de sa main.

« Ça y est, chef... ça y est !... » murmuraient les inspecteurs, étreints par l'imprévu de cette chasse.

En bas de la route s'amorçait un chemin qui se dirigeait vers la Seine, vers Bougival. Sur terrain plat, le cheval partit au petit trot, sans se presser, et en tenant le milieu de la voie.

Un effort violent ébranla l'automobile. Elle eut l'air, plutôt que de rouler, d'agir par bonds ainsi qu'un fauve qui s'élance, et, se glissant le long du talus, prête à briser tous les obstacles, elle rattrapa la voiture, se mit à son niveau, la dépassa...

Un juron de M. Lenormand... Des clameurs de rage... La voiture était vide !

La voiture était vide. Le cheval s'en allait paisiblement les rênes sur le dos, retournant sans doute à l'écurie de quelque auberge environnante où on l'avait pris en location pour la journée.

Etouffant sa colère, le chef de la Sûreté dit simplement :

« Le major aura sauté pendant les quelques secondes où nous avons perdu de vue la voiture, au début de la descente.

— Nous n'avons qu'à battre les bois, chef, et nous sommes sûrs...

— De rentrer bredouilles. Le gaillard est loin, allez, et il n'est pas de ceux qu'on pince deux fois dans la même journée. Ah ! crénom de crénom ! »

Ils rejoignirent la jeune fille qu'ils trouvèrent en compagnie de Jacques Doudeville, et qui ne paraissait nullement se ressentir de son aventure.

M. Lenormand, s'étant fait connaître, s'offrit à la ramener chez elle, et, tout de suite, il l'interrogea sur le major anglais Parbury. Elle s'étonna :

« Il n'est ni major ni Anglais, et il ne s'appelle pas Parbury.

— Alors il s'appelle ?

— Juan Ribeira, il est Espagnol, et chargé par son gouvernement d'étudier le fonctionnement des écoles françaises.

— Soit. Son nom et sa nationalité n'ont pas d'importance. C'est bien celui que nous cherchons. Il y a longtemps que vous le connaissez ?

— Une quinzaine de jours. Il avait entendu parler d'une école que j'ai fondée à Garches, et il s'intéressait à ma tentative, au point de me proposer une subvention annuelle à la seule condition qu'il pût venir de temps à autre constater les progrès de mes élèves. Je n'avais pas le droit de refuser...

— Non, évidemment, mais il fallait consulter autour de vous... N'êtes-vous pas en relation avec le prince Sernine ? C'est un homme de bon conseil.

— Oh ! j'ai toute confiance en lui, mais actuellement il est en voyage.

— Vous n'aviez pas son adresse ?

— Non. Et puis, que lui aurais-je dit ? Ce monsieur se conduisait fort bien. Ce n'est qu'aujourd'hui... Mais je ne sais...

— Je vous en prie, mademoiselle, parlez-moi franchement... En moi aussi vous pouvez avoir confiance.

— Eh bien, M. Ribeira est venu tantôt. Il m'a dit qu'il était envoyé par une dame française de passage à Bougival, que cette dame avait une petite fille dont elle désirait me confier l'éducation, et qu'elle me priait de venir sans retard. La chose me parut toute naturelle. Et comme c'est aujourd'hui congé, comme M. Ribeira avait loué une voiture qui l'attendait au bout du chemin, je ne fis point de difficulté pour y prendre place.

— Mais enfin, quel était son but ? »

Elle rougit et prononça :

« M'enlever tout simplement. Au bout d'une demi-heure il me l'avouait.

— Vous ne savez rien sur lui ?
— Non.
— Il demeure à Paris ?
— Je le suppose.
— Il ne vous a pas écrit ? Vous n'avez pas quelques lignes de sa main, un objet oublié, un indice qui puisse nous servir ?
— Aucun indice... Ah ! cependant... mais cela n'a sans doute aucune importance...
— Parlez !... parlez !... je vous en prie.
— Eh bien, il y a deux jours, ce monsieur m'a demandé la permission d'utiliser la machine à écrire dont je me sers, et il a composé — difficilement, car il n'était pas exercé — une lettre dont j'ai surpris par hasard l'adresse.
— Et cette adresse ?
— Il écrivait au *Journal*, et il glissa dans l'enveloppe une vingtaine de timbres.
— Oui, la petite correspondance sans doute, fit Lenormand.
— J'ai le numéro d'aujourd'hui, chef », dit Gourel.

M. Lenormand déplia la feuille et consulta la huitième page. Après un instant il eut un sursaut. Il avait lu cette phrase rédigée avec les abréviations d'usage :

Nous informons toute personne connaissant M. Steinweg que nous voudrions savoir s'il est à Paris, et son adresse. Répondre par la même voie.

« Steinweg, s'écria Gourel, mais c'est précisément l'individu que Dieuzy nous amène. »

« Oui, oui, fit M. Lenormand en lui-même, c'est l'homme dont j'ai intercepté la lettre à Kesselbach, l'homme qui a lancé celui-ci sur la piste de Pierre Leduc... Ainsi donc, eux aussi, ils ont besoin de renseignements sur Pierre Leduc et sur son passé... Eux aussi, ils tâtonnent... »

Il se frotta les mains : Steinweg était à sa disposition. Avant une heure Steinweg aurait parlé. Avant une heure le voile des ténèbres qui l'opprimaient et qui faisaient de l'affaire Kesselbach la plus angoissante et la plus impénétrable des affaires dont il eût poursuivi la solution, ce voile serait déchiré.

M. LENORMAND SUCCOMBE

I

A six heures du soir, M. Lenormand rentrait dans son cabinet de la préfecture de police.

Tout de suite il manda Dieuzy.

« Ton bonhomme est là ?
— Oui.
— Où en es-tu avec lui ?
— Pas bien loin. Il ne souffle pas mot. Je lui ai dit que, d'après une nouvelle ordonnance, les étrangers étaient tenus à une déclaration de séjour à la Préfecture et je l'ai conduit ici, dans le bureau de votre secrétaire.
— Je vais l'interroger. »

Mais à ce moment un garçon survint.

« C'est une dame, chef, qui demande à vous parler tout de suite.
— Sa carte ?
— Voici.
— Mme Kesselbach ! Fais entrer. »

Lui-même il alla au-devant de la jeune femme et la pria de s'asseoir. Elle avait toujours son même regard désolé, sa mine maladive et cet air d'extrême lassitude où se révélait la détresse de sa vie.

Elle tendit le numéro du *Journal*, en désignant à l'endroit de la petite correspondance la ligne où il était question du sieur Steinweg.

« Le père Steinweg était un ami de mon mari,

dit-elle, et je ne doute pas qu'il ne sache beaucoup de choses.

— Dieuzy, fit Lenormand, amène la personne qui attend... Votre visite, madame, n'aura pas été inutile. Je vous prie seulement, quand cette personne entrera, de ne pas dire un mot. »

La porte s'ouvrit. Un homme apparut, un vieillard à collier de barbe blanche, à figure striée de rides profondes, pauvrement vêtu, l'air traqué de ces misérables qui roulent à travers le monde en quête de la pitance quotidienne.

Il resta sur le seuil, les paupières clignotantes, regarda M. Lenormand, sembla gêné par le silence qui l'accueillait, et tourna son chapeau entre ses mains avec embarras.

Mais soudain il parut stupéfait, ses yeux s'agrandirent, et il bégaya :

« Madame... madame Kesselbach. »

Il avait vu la jeune femme.

Et rasséréné, souriant, sans plus de timidité, il s'approcha d'elle, et avec un mauvais accent :

« Ah ! je suis content... enfin !... je croyais bien que jamais... j'étais étonné... pas de nouvelles là-bas... pas de télégramme... Et comment va ce bon Rudolf Kesselbach ? »

La jeune femme eut un geste de recul, comme frappée en plein visage, et, d'un coup, elle tomba sur une chaise et se mit à sangloter.

« Quoi ! eh bien, quoi ?... » fit Steinweg.

M. Lenormand s'interposa aussitôt.

« Je vois, monsieur, que vous ignorez certains événements qui ont eu lieu récemment. Il y a donc longtemps que vous êtes en voyage ?

— Oui, trois mois... J'étais remonté jusqu'aux mines. Ensuite, je suis revenu à Capetown, d'où j'ai écrit à Rudolf. Mais en route j'ai accepté du travail à Port-Saïd. Rudolf a reçu ma lettre, je suppose ?

— Il est absent. Je vous expliquerai les raisons de cette absence. Mais, auparavant, il est un point sur lequel nous voudrions quelques renseignements. Il s'agit d'un personnage que vous avez connu, et que vous désigniez dans vos entretiens avec M. Kesselbach sous le nom de Pierre Leduc.

— Pierre Leduc ! Quoi ! Qui vous a dit ? »
Le vieillard fut bouleversé.
Il balbutia de nouveau :
« Qui vous a dit ? Qui vous a révélé ?
— M. Kesselbach.
— Jamais ! c'est un secret que je lui ai révélé, et Rudolf garde ses secrets... surtout celui-ci...
— Cependant il est indispensable que vous nous répondiez. Nous faisons actuellement sur Pierre Leduc une enquête qui doit aboutir sans retard, et vous seul pouvez nous éclairer, puisque M. Kesselbach n'est plus là.
— Enfin, quoi, s'écria Steinweg, paraissant se décider, que vous faut-il ?
— Vous connaissez Pierre Leduc ?
— Je ne l'ai jamais vu, mais depuis longtemps je suis possesseur d'un secret qui le concerne. A la suite d'incidents inutiles à raconter, et grâce à une série de hasards, j'ai fini par acquérir la certitude que celui dont la découverte m'intéressait vivait à Paris dans le désordre, et qu'il se faisait appeler Pierre Leduc, ce qui n'est pas son véritable nom.
— Mais le connaît-il, lui, son véritable nom ?
— Je le suppose.
— Et vous ?
— Moi, je le connais.
— Eh bien, dites-le-nous. »
Il hésita, puis violemment :
« Je ne le peux pas... je ne le peux pas...
— Mais pourquoi ?
— Je n'en ai pas le droit. Tout le secret est là. Or, ce secret, quand je l'ai dévoilé à Rudolf, il y a attaché tant d'importance qu'il m'a donné une grosse somme d'argent pour acheter mon silence, et qu'il m'a promis une fortune, une vraie fortune, pour le jour où il

parviendrait, d'abord à retrouver Pierre Leduc, et ensuite à tirer parti du secret. »

Il sourit amèrement :

« La grosse somme d'argent est déjà perdue. Je venais prendre des nouvelles de ma fortune.

— M. Kesselbach est mort », prononça le chef de la Sûreté.

Steinweg bondit.

« Mort ! est-ce possible ! non, c'est un piège. Madame Kesselbach, est-il vrai ? »

Elle baissa la tête.

Il sembla écrasé par cette révélation imprévue, et, en même temps, elle devait lui être infiniment douloureuse, car il se mit à pleurer.

« Mon pauvre Rudolf, je l'avais vu tout petit... il venait jouer chez moi à Augsbourg... Je l'aimais bien. »

Et invoquant le témoignage de Mme Kesselbach :

« Et lui aussi, n'est-ce pas, madame, il m'aimait bien ? il a dû vous le dire... son vieux père Steinweg, comme il m'appelait. »

M. Lenormand s'approcha de lui, et, de sa voix la plus nette :

« Ecoutez-moi. M. Kesselbach est mort assassiné... Voyons, soyez calme... les cris sont inutiles... Il est mort assassiné, et toutes les circonstances du crime prouvent que le coupable était au courant de ce fameux projet. Y aurait-il quelque chose dans la nature de ce projet qui vous permettrait de deviner ?... »

Steinweg restait interdit. Il balbutia :

« C'est de ma faute... Si je ne l'avais pas lancé sur cette voie... »

Mme Kesselbach s'avança suppliante.

« Vous croyez... vous avez une idée... Oh ! je vous en prie, Steinweg...

— Je n'ai pas d'idée... je n'ai pas réfléchi, murmura-t-il... il faudrait que je réfléchisse...

— Cherchez dans l'entourage de M. Kesselbach,

lui dit Lenormand... Personne n'a été mêlé à vos conférences à ce moment-là ? Lui-même n'a pu se confier à personne ?

— A personne.

— Cherchez bien. »

Tous deux, Dolorès et M. Lenormand, penchés sur lui, attendaient anxieusement sa réponse.

« Non, fit-il... je ne vois pas...

— Cherchez bien, reprit le chef de la Sûreté... le prénom et le nom de l'assassin ont comme initiale un L et un M.

— Un L, répéta-t-il... je ne vois pas... un L... un M...

— Oui, les lettres sont en or et marquent le coin d'un étui à cigarettes qui appartenait à l'assassin.

— Un étui à cigarettes ? fit Steinweg avec un effort de mémoire.

— En acier bruni... et l'un des compartiments intérieurs est divisé en deux parties, la plus petite pour le papier à cigarettes, l'autre pour le tabac...

— En deux parties, en deux parties, redisait Steinweg, dont les souvenirs semblaient réveillés par ce détail. Ne pourriez-vous me montrer cet objet ?

— Le voici, ou plutôt en voici une reproduction exacte, dit Lenormand en lui donnant un étui à cigarettes.

— Hein ! Quoi... » fit Steinweg en prenant l'étui.

Il le contemplait d'un œil stupide, l'examinait, le retournait en tous sens, et soudain il poussa un cri, le cri d'un homme que heurte une effroyable idée. Et il resta là, livide, les mains tremblantes, les yeux hagards.

« Parlez, mais parlez donc, ordonna M. Lenormand.

— Oh ! fit-il comme aveuglé de lumière, tout s'explique...

— Parlez, mais parlez donc... »

Il les repoussa tous deux, marcha jusqu'aux fenêtres en titubant, puis revint sur ses pas, et se jetant sur le chef de la Sûreté :

« Monsieur, monsieur... l'assassin de Rudolf, je vais vous le dire... Eh bien... »

Il s'interrompit.

« Eh bien ?... » firent les autres.

Une minute de silence... Dans la grande paix du bureau, entre ces murs qui avaient entendu tant de confessions, tant d'accusations, le nom de l'abominable criminel allait-il résonner ? Il semblait à M. Lenormand qu'il était au bord de l'abîme insondable, et qu'une voix montait, montait jusqu'à lui... Quelques secondes encore et il saurait...

« Non, murmura Steinweg, non, je ne peux pas...

— Qu'est-ce que vous dites ? s'écria le chef de la Sûreté, furieux.

— Je dis que je ne peux pas.

— Mais vous n'avez pas le droit de vous taire ! La justice exige.

— Demain, je parlerai, demain... il faut que je réfléchisse... Demain je vous dirai tout ce que je sais sur Pierre Leduc... tout ce que je suppose à propos de cet étui... Demain, je vous le promets... »

On sentait en lui cette sorte d'obstination à laquelle se heurtent vainement les efforts les plus énergiques. M. Lenormand céda.

« Soit. Je vous donne jusqu'à demain, mais je vous avertis que si demain vous ne parlez pas, je serai obligé d'avertir le juge d'instruction. »

Il sonna, et prenant l'inspecteur Dieuzy à part :

« Accompagne-le jusqu'à son hôtel... et restes-y... je vais t'envoyer deux camarades... Et surtout, ouvre l'œil et le bon. On pourrait essayer de nous le prendre. »

L'inspecteur emmena Steinweg, et M. Lenormand, revenant vers Mme Kesselbach que cette scène avait violemment émue, s'excusa :

« Croyez à tous mes regrets, madame... je comprends à quel point vous devez être affectée... »

Il l'interrogea sur l'époque où M. Kesselbach était rentré en relations avec le vieux Steinweg et sur la durée de ces relations. Mais elle était si lasse qu'il n'insista pas.

« Dois-je revenir demain ? demanda-t-elle.

— Mais non, mais non. Je vous tiendrai au courant de tout ce que dira Steinweg. Voulez-vous me permettre de vous offrir mon bras jusqu'à votre voiture ?... Ces trois étages sont si durs à descendre... »

Il ouvrit la porte et s'effaça devant elle. Au même moment des exclamations se firent entendre dans le couloir, et des gens accoururent, des inspecteurs de service, des garçons de bureau...

« Chef ! Chef !

— Qu'y a-t-il ?

— Dieuzy !...

— Mais il sort d'ici...

— On l'a trouvé dans l'escalier.

— Mort ?...

— Non, assommé, évanoui...

— Mais l'homme ?... l'homme qui était avec lui ?... le vieux Steinweg ?...

— Disparu...

— Tonnerre !... »

II

Il s'élança dans le couloir, dégringola l'escalier, et, au milieu d'un groupe de personnes qui le soignaient, il trouva Dieuzy étendu sur le palier du premier étage.

Il aperçut Gourel qui remontait.

« Ah ! Gourel, tu viens d'en bas ? Tu as rencontré quelqu'un ?

— Non, chef... »

Mais Dieuzy se ranimait, et tout de suite, les yeux à peine ouverts, il marmotta :

« Ici, sur le palier, la petite porte...

— Ah ! bon sang, la porte de la septième chambre ! s'écria le chef de la Sûreté... J'avais pourtant bien dit qu'on la ferme à clef... Il était certain qu'un jour ou l'autre [1]... »

Il se rua sur la poignée.

« Eh parbleu ! le verrou est poussé de l'autre côté, maintenant. »

La porte était vitrée en partie. Avec la crosse de son

---

1. Depuis que M. Lenormand n'est plus à la Sûreté, deux malfaiteurs se sont enfuis par la même porte, après s'être débarrassés des agents qui les escortaient. La police a fait le silence sur cette double évasion. Pourquoi donc, si ce passage est indispensable, ne supprime-t-on pas de l'autre côté l'inutile verrou qui permet au fugitif de couper court à toute poursuite, et de s'en aller tranquillement par le couloir de la septième chambre civile et par la galerie de la première présidence ?

revolver, il brisa un carreau, puis tira le verrou et dit à Gourel :

« Galope par là jusqu'à la sortie de la place Dauphine... »

Et, revenant à Dieuzy :

« Allons, Dieuzy, cause. Comment t'es-tu laissé mettre dans cet état ?

— Un coup de poing, chef...

— Un coup de poing de ce vieux ? mais il ne tient pas debout...

— Pas du vieux, chef, mais d'un autre qui se promenait dans le couloir pendant que Steinweg était avec vous, et qui nous a suivis comme s'il s'en allait, lui aussi... Arrivé là, il m'a demandé si j'avais du feu... J'ai cherché ma boîte d'allumettes... Alors il en a profité pour m'allonger son poing dans l'estomac... Je suis tombé, et, en tombant, j'ai eu l'impression qu'il ouvrait cette porte et qu'il entraînait le vieux...

— Tu pourrais le reconnaître ?

— Ah ! oui, chef... un gaillard solide, la peau noire... un type du Midi, pour sûr...

— Ribeira... grinça M. Lenormand... toujours lui !... Ribeira, alias Parbury. Ah ! le forban, quelle audace !... Il avait peur du vieux Steinweg... il est venu le cueillir, ici même, à ma barbe !... »

Et frappant du pied avec colère :

« Mais, cristi, comment a-t-il su que Steinweg était là, le bandit ! Il n'y a pas quatre heures, je le pourchassais dans les bois de Saint-Cucufa... et maintenant le voici !... Comment a-t-il su ?... Il vit donc dans ma peau ?... »

Il fut pris d'un de ces accès de rêverie où il semblait ne plus rien entendre et ne plus rien voir. Mme Kesselbach, qui passait à ce moment, le salua sans qu'il répondît.

Mais un bruit de pas dans le couloir secoua sa torpeur.

« Enfin, c'est toi, Gourel ?...

— C'est bien ça, chef, dit Gourel, tout essoufflé. Ils

étaient deux. Ils ont suivi ce chemin, et ils sont sortis par la place Dauphine. Une automobile les attendait. Il y avait dedans deux personnes, un homme vêtu de noir avec un chapeau mou rabattu sur les yeux...

— C'est lui, murmura M. Lenormand, c'est l'assassin, le complice de Ribeira-Parbury. Et l'autre personne ?

— Une femme, une femme sans chapeau, comme qui dirait une bonne... et jolie, paraît-il, rousse.

— Hein ? quoi ! tu dis qu'elle était rousse ?

— Oui. »

M. Lenormand se retourna d'un élan, descendit l'escalier quatre à quatre, franchit les cours et déboucha sur le quai des Orfèvres.

« Halte ! » cria-t-il.

Une victoria à deux chevaux s'éloignait. C'était la voiture de Mme Kesselbach... Le cocher entendit et arrêta. Déjà M. Lenormand avait bondi sur le marchepied :

« Mille pardons, madame, votre aide m'est indispensable. Je vous demanderai la permission de vous accompagner... Mais il nous faut agir rapidement. Gourel, mon auto... Tu l'as renvoyée ?... Une autre alors, n'importe laquelle... »

Chacun courut de son côté. Mais il s'écoula une dizaine de minutes avant qu'on ramenât une auto de louage. M. Lenormand bouillait d'impatience.

Mme Kesselbach, debout sur le trottoir, chancelait, son flacon de sels à la main.

Enfin ils s'installèrent.

« Gourel, monte à côté du chauffeur et droit sur Garches.

— Chez moi ! » fit Dolorès stupéfaite.

Il ne répondit pas. Il se montrait à la portière, agitait son coupe-file, se nommait aux agents qui réglaient la circulation des rues. Enfin, quand on parvint au Cours-la-Reine, il se rassit et prononça :

« Je vous en supplie, madame, répondez nettement à mes questions. Vous avez vu Mlle Geneviève Ernemont, tantôt vers quatre heures ?

— Geneviève... oui... je m'habillais pour sortir.

— C'est elle qui vous a parlé de l'insertion du *Journal*, relative à Steinweg ?

— En effet.

— Et c'est là-dessus que vous êtes venue me voir ?

— Oui.

— Vous étiez seule pendant la visite de Mlle Ernemont ?

— Ma foi... je ne sais pas... Pourquoi ?

— Rappelez-vous ? L'une de vos femmes de chambre était là ?

— Peut-être... comme je m'habillais...

— Quel est leur nom ?

— Suzanne... et Gertrude.

— L'une d'elles est rousse, n'est-ce pas ?

— Oui, Gertrude.

— Vous la connaissez depuis longtemps ?

— Sa sœur m'a toujours servie... et Gertrude est chez moi depuis des années... C'est le dévouement en personne, la probité...

— Bref, vous répondez d'elle ?

— Oh ! absolument.

— Tant mieux... tant mieux ! »

Il était sept heures et demie, et la lumière du jour commençait à s'atténuer quand l'automobile arriva devant la maison de retraite. Sans s'occuper de sa compagne, le chef de la Sûreté se précipita chez le concierge.

« La bonne de Mme Kesselbach vient de rentrer, n'est-ce pas ?

— Qui ça, la bonne ?

— Oui, Gertrude, une des deux sœurs.

— Mais Gertrude n'a pas dû sortir, monsieur, nous ne l'avons pas vue sortir.

— Cependant quelqu'un vient de rentrer.

— Oh ! non, monsieur, nous n'avons ouvert la porte à personne, depuis... depuis six heures du soir.

— Il n'y a pas d'autre issue que cette porte ?

— Aucune. Les murs entourent le domaine de toutes parts, et ils sont hauts...

— Madame Kesselbach, dit M. Lenormand à sa compagne, nous irons jusqu'à votre pavillon. »

Ils s'en allèrent tous les trois. Mme Kesselbach, qui n'avait pas la clef, sonna. Ce fut Suzanne, l'autre sœur, qui apparut.

« Gertrude est ici ? demanda Mme Kesselbach.

— Mais oui, madame, dans sa chambre.

— Faites-la venir, mademoiselle », ordonna le chef de la Sûreté.

Au bout d'un instant, Gertrude descendit, avenante et gracieuse avec son tablier blanc orné de broderies. Elle avait une figure assez jolie, en effet, encadrée de cheveux roux.

M. Lenormand la regarda longtemps sans rien dire, comme s'il cherchait à pénétrer au-delà de ces yeux innocents. Il ne l'interrogea pas. Au bout d'une minute, il dit simplement :

« C'est bien, mademoiselle, je vous remercie. Tu viens, Gourel ? »

Il sortit avec le brigadier et, tout de suite, en suivant les allées sombres du jardin, il dit :

« C'est elle.

— Vous croyez, chef ? Elle a l'air si tranquille !

— Beaucoup trop tranquille. Une autre se serait étonnée, m'aurait demandé pourquoi je la faisais venir. Elle, rien. Rien que l'application d'un visage qui veut sourire à tout prix. Seulement, de sa tempe, j'ai vu une goutte de sueur qui coulait le long de son oreille.

— Et alors ?

— Alors, tout cela est clair. Gertrude est complice des deux bandits qui manœuvrent autour de l'affaire Kesselbach, soit pour surprendre et pour exécuter le fameux projet, soit pour capter les millions de la veuve. Sans doute l'autre sœur est-elle aussi du complot. Vers quatre heures, Gertrude, prévenue que je connais l'annonce du *Journal* et qu'en outre j'ai rendez-vous avec Steinweg, profite du départ de sa maîtresse, court à Paris, retrouve Ribeira et l'homme au chapeau mou, et les entraîne au Palais de justice où Ribeira confisque à son profit le sieur Steinweg. »

Il réfléchit et conclut :

« Tout cela nous prouve : 1° l'importance qu'ils attachent à Steinweg et la frayeur que leur inspirent ses révélations ; 2° qu'une véritable conspiration est ourdie autour de Mme Kesselbach ; 3° que je n'ai pas de temps à perdre, car la conspiration est mûre.

— Soit, dit Gourel, mais il y a une chose inexplicable. Comment Gertrude a-t-elle pu sortir du jardin où nous sommes et y entrer à l'insu des concierges ?

— Par un passage secret que les bandits ont dû pratiquer récemment.

— Et qui aboutirait sans doute, fit Gourel, au pavillon de Mme Kesselbach ?

— Oui, peut-être, dit M. Lenormand, peut-être... Mais j'ai une autre idée... »

Ils suivirent l'enceinte des murs. La nuit était claire, et si l'on ne pouvait guère discerner leurs deux silhouettes, ils y voyaient suffisamment, eux, pour examiner les pierres des murailles et pour s'assurer qu'aucune brèche, si habile qu'elle fût, n'avait été pratiquée.

« Une échelle, sans doute ?... insinua Gourel.

— Non, puisque Gertrude passe en plein jour. Une communication de ce genre ne peut évidemment pas aboutir dehors. Il faut que l'orifice en soit caché par quelque construction déjà existante.

— Il n'y a que les quatre pavillons, objecta Gourel, et ils sont tous habités.

— Pardon, le troisième pavillon, le pavillon Hortense, n'est pas habité.

— Qui vous l'a dit ?

— Le concierge. Par peur du bruit, Mme Kesselbach a loué ce pavillon, lequel est proche du sien.

Qui sait si, en agissant ainsi, elle n'a pas subi l'influence de Gertrude ? »

Il fit le tour de la maison. Les volets étaient fermés. A tout hasard, il souleva le loquet de la porte : la porte s'ouvrit.

« Ah ! Gourel, je crois que nous y sommes. Entrons. Allume ta lanterne... Oh ! le vestibule, le salon, la salle à manger... c'est bien inutile. Il doit y avoir un sous-sol, puisque la cuisine n'est pas à cet étage.

— Par ici, chef... voici l'escalier de service. »

Ils descendirent, en effet, dans une cuisine assez vaste et encombrée de chaises de jardin et de guérites en jonc. Une buanderie, servant aussi de cellier, y attenait et présentait le même désordre d'objets entassés les uns par-dessus les autres.

« Qu'est-ce qui brille, là, chef ? »

Gourel, s'étant baissé, ramassa une épingle de cuivre à tête de perle fausse.

« La perle est toute brillante encore, dit Lenormand, ce qui ne serait point, si elle avait séjourné longtemps dans cette cave. Gertrude a passé par ici, Gourel. »

Gourel se mit à démolir un amoncellement de fûts vides, de casiers et de vieilles tables boiteuses.

« Tu perds ton temps, Gourel. Si le passage est là, comment aurait-on le loisir, d'abord de déplacer tous ces objets, et ensuite de les replacer derrière soi ? Tiens, voici un volet hors d'usage qui n'a aucune raison sérieuse d'être accroché au mur par ce clou. Ecarte-le. »

Gourel obéit.

Derrière le volet, le mur était creusé. A la clarté de la lanterne, ils virent un souterrain qui s'enfonçait.

III

« Je ne me trompais pas, dit M. Lenormand, la communication est de date récente. Tu vois, ce sont des travaux faits à la hâte et pour une durée d'ailleurs limitée... Pas de maçonnerie. De place en place deux madriers en croix et une solive qui sert de plafond, et c'est tout. Ça tiendra ce que ça tiendra, mais toujours assez pour le but qu'on poursuit, c'est-à-dire...

— C'est-à-dire quoi, chef ?

— Eh bien, d'abord pour permettre les allées et venues entre Gertrude et ses complices... et puis, un jour, un jour prochain, l'enlèvement ou plutôt la disparition miraculeuse, incompréhensible de Mme Kesselbach. »

Ils avançaient avec précaution pour ne pas heurter certaines poutres, dont la solidité ne semblait pas inébranlable. A première vue, la longueur du tunnel était de beaucoup supérieure aux cinquante mètres tout au plus qui séparaient le pavillon de l'enceinte du jardin. Il devait donc aboutir assez loin des murs, et au-delà d'un chemin qui longeait le domaine.

« Nous n'allons pas du côté de Villeneuve et de l'étang, par ici ? demanda Gourel.

— Du tout, juste à l'opposé », affirma M. Lenormand.

La galerie descendait en pente douce. Il y eut une marche, puis une autre, et l'on obliqua vers la droite.

A ce moment ils se heurtèrent à une porte qui était encastrée dans un rectangle de moellons soigneusement cimentés. M. Lenormand l'ayant poussée, elle s'ouvrit.

« Une seconde, Gourel, dit-il en s'arrêtant... réfléchissons... il vaudrait peut-être mieux rebrousser chemin.

— Et pourquoi ?

— Il faut penser que Ribeira a prévu le péril, et supposer qu'il a pris ses précautions au cas où le souterrain serait démasqué. Or, il sait que nous fouillons le jardin. Il nous a vus sans doute entrer dans ce pavillon. Qui nous assure qu'il n'est pas en train de nous tendre un piège ?

— Nous sommes deux, chef ?

— Et s'ils sont vingt, eux ? »

Il regarda. Le souterrain remontait, et il marcha vers l'autre porte, distante de cinq à six mètres.

« Allons jusqu'ici, dit-il, nous verrons bien. »

Il passa, suivi de Gourel auquel il recommanda de laisser la porte ouverte, et il marcha vers l'autre porte, se promettant bien de ne pas aller plus loin. Mais celle-ci était close, et, bien que la serrure parût fonctionner, il ne parvint pas à ouvrir.

« Le verrou est mis, dit-il. Ne faisons pas de bruit et revenons. D'autant que, dehors, nous établirons, d'après l'orientation de la galerie, la ligne sur laquelle il faudra chercher l'autre issue du souterrain. »

Ils revinrent donc sur leurs pas vers la première porte, quand Gourel, qui marchait le premier, eut une exclamation de surprise.

« Tiens, elle est fermée...

— Comment ! mais je t'avais dit de la laisser ouverte.

— Je l'ai laissée ouverte, chef, mais le battant est retombé tout seul.

— Impossible ! nous aurions entendu le bruit.

— Alors ?...

— Alors... alors... je ne sais pas... »

Il s'approcha.

« Voyons... il y a une clef... Elle tourne. Mais de l'autre côté il doit y avoir un verrou...

— Qui l'aurait mis ?

— Eux parbleu ! derrière notre dos. Ils ont peut-être une autre galerie qui longe celle-ci... ou bien, ils étaient restés dans ce pavillon inhabité... Enfin, quoi, nous sommes pris au piège. »

Il s'acharna contre la serrure, introduisit son couteau dans la fente, chercha tous les moyens, puis, en un moment de lassitude, prononça :

« Rien à faire !

— Comment, chef, rien à faire ? En ce cas, nous sommes fichus ?

— Ma foi... » dit-il.

Ils retournèrent à l'autre porte, puis revinrent à la première. Elles étaient toutes deux massives, en bois dur, renforcées par des traverses... somme toute indestructibles.

« Il faudrait une hache, dit le chef de la Sûreté... ou tout au moins un instrument sérieux... un couteau même, avec lequel on essaierait de découper l'emplacement probable du verrou... Et nous n'avons rien. »

Il eut un accès de rage subit, et se rua contre l'obstacle, comme s'il espérait l'abolir. Puis, impuissant, vaincu, il dit à Gourel :

« Ecoute, nous verrons ça dans une heure ou deux... Je suis éreinté... je vais dormir... Veille, pendant ce temps-là... Et si l'on venait nous attaquer...

— Ah ! si l'on venait, nous serions sauvés, chef... », s'écria Gourel en homme qu'eût soulagé la bataille, si inégale qu'elle fût.

M. Lenormand se coucha par terre. Au bout d'une minute il dormait.

Quand il se réveilla, il resta quelques secondes indécis, sans comprendre, et il se demandait aussi quelle était cette sorte de souffrance qui le tourmentait.

« Gourel, appela-t-il... Eh bien ! Gourel ? »

N'obtenant pas de réponse, il fit jouer le ressort de sa lanterne, et il aperçut Gourel à côté de lui qui dormait profondément.

« Qu'est-ce que j'ai à souffrir ainsi ? pensait-il... de véritables tiraillements... Ah ça ! mais j'ai faim ! tout simplement... je meurs de faim ! Quelle heure est-il donc ? »

Sa montre marquait sept heures vingt, mais il se rappela qu'il ne l'avait pas remontée. La montre de Gourel ne marchait pas davantage.

Celui-ci cependant s'étant réveillé sous l'action des mêmes souffrances d'estomac, ils estimèrent que l'heure du déjeuner devait être largement dépassée, et qu'ils avaient déjà dormi une partie du jour.

« J'ai les jambes tout engourdies, déclara Gourel... et les pieds comme s'ils étaient dans de la glace... Quelle drôle d'impression ! »

Il voulut se frictionner et reprit :

« Tiens, mais ce n'est pas dans la glace qu'ils étaient mes pieds, c'est dans l'eau... Regardez, chef... Du côté de la première porte c'est une véritable mare...

— Des infiltrations, répondit M. Lenormand. Remontons vers la seconde porte, tu te sécheras...

— Mais qu'est-ce que vous faites donc, chef ?

— Crois-tu que je me laisserai enterrer vivant dans ce caveau ?... Ah ! non, je ne suis pas encore d'âge... Puisque les deux portes sont fermées, tâchons de traverser les parois. »

Une à une il détachait les pierres qui faisaient saillie à hauteur de sa main, dans l'espoir de pratiquer une autre galerie qui s'en irait en pente jusqu'au niveau du sol. Mais le travail était long et pénible, car, en cette partie du souterrain, les pierres étaient cimentées.

« Chef... chef... balbutia Gourel, d'une voix étranglée...

— Eh bien ?

— Vous avez les pieds dans l'eau.

— Allons donc ! Tiens, oui... Ma foi, que veux-tu !... on se séchera au soleil.

— Mais vous ne voyez donc pas ?...

— Quoi ?

— Mais ça monte, chef, ça monte...

— Qu'est-ce qui monte ?

— L'eau... »

M. Lenormand sentit un frisson qui lui courait sur la peau. Il comprenait tout d'un coup. Ce n'était pas des infiltrations fortuites, mais une inondation habilement préparée et qui se produisait mécaniquement, irrésistiblement, grâce à quelque système infernal.

« Ah ! la fripouille, grinça-t-il... Si jamais je le tiens, celui-là !

— Oui, oui, chef, mais il faut d'abord se tirer d'ici, et pour moi... »

Gourel semblait complètement abattu, hors d'état d'avoir une idée, de proposer un plan.

M. Lenormand s'était agenouillé sur le sol et mesurait la vitesse avec laquelle l'eau s'élevait. Un quart de la première porte à peu près était couvert, et l'eau s'avançait jusqu'à mi-distance de la seconde porte.

« Le progrès est lent, mais ininterrompu, dit-il. Dans quelques heures, nous en aurons par-dessus la tête.

— Mais c'est effroyable, chef, c'est horrible, gémit Gourel.

— Ah ! dis donc, tu ne vas nous ennuyer avec tes jérémiades, n'est-ce pas ? Pleure si ça t'amuse, mais que je ne t'entende pas.

— C'est la faim qui m'affaiblit, chef, j'ai le cerveau qui tourne.

— Mange ton poing. »

Comme disait Gourel, la situation était effroyable,

et, si M. Lenormand avait eu moins d'énergie, il eût abandonné une lutte aussi vaine. Que faire ? Il ne fallait pas espérer que Ribeira eût la charité de leur livrer passage. Il ne fallait pas espérer davantage que les frères Doudeville pussent les secourir puisque les inspecteurs ignoraient l'existence de ce tunnel.

Donc, aucun espoir ne restait... aucun espoir que celui d'un miracle impossible...

« Voyons, voyons, répétait M. Lenormand, c'est trop bête, nous n'allons pas crever ici ! Que diable ! il doit y avoir quelque chose... Eclaire-moi, Gourel. »

Collé contre la seconde porte, il l'examina de bas en haut, dans tous les coins. Il y avait de ce côté, comme de l'autre probablement, un verrou, un énorme verrou. Avec la lame de son couteau il en défit les vis, et le verrou se détacha.

« Et après ? demanda Gourel.

— Après, dit-il, eh bien, ce verrou est en fer, assez long, presque pointu... ça ne vaut certes pas une pioche, mais, tout de même, c'est mieux que rien... et... »

Sans achever sa phrase, il enfonça l'instrument dans la paroi de la galerie, un peu avant le pilier de maçonnerie qui supportait les gonds de la porte. Ainsi qu'il s'y attendait, une fois traversée la première couche de ciment et de pierres, il trouva la terre molle.

« A l'ouvrage ! s'écria-t-il.

— Je veux bien, chef, mais expliquez-moi...

— C'est tout simple, il s'agit de creuser, autour de ce pilier, un passage de trois ou quatre mètres de long qui rejoindra le tunnel au-delà de la porte et nous permettra de filer.

— Mais il faudra des heures, et pendant ce temps l'eau monte.

— Eclaire-moi, Gourel. »

L'idée de M. Lenormand était juste et, avec un peu d'effort, en attirant à lui et en faisant tomber dans le tunnel la terre qu'il attaquait d'abord avec l'instrument, il ne tarda pas à creuser un trou assez grand pour s'y glisser.

« A mon tour, chef ! dit Gourel.

— Ah ! ah ! tu reviens à la vie ? Bien, travaille... Tu n'as qu'à te diriger sur le contour du pilier. »

A ce moment l'eau montait jusqu'à leurs chevilles. Auraient-ils le loisir d'achever l'œuvre commencée ? A mesure qu'on avançait elle devenait plus difficile, car la terre remuée les encombrait davantage, et, couchés à plat ventre dans le passage, ils étaient obligés à tout instant de ramener les décombres qui l'obstruaient.

Au bout de deux heures, le travail en était peut-être aux trois quarts, mais l'eau recouvrait leurs jambes. Encore une heure, elle gagnerait l'orifice du trou qu'ils creusaient.

Cette fois, ce serait la fin.

Gourel, épuisé par le manque de nourriture, et de corpulence trop forte pour aller et venir dans ce couloir de plus en plus étroit, avait dû renoncer. Il ne bougeait plus, tremblant d'angoisse à sentir cette eau glacée qui l'ensevelissait peu à peu.

M. Lenormand, lui, travaillait avec une ardeur inlassable. Besogne terrible, œuvre de termite, qui s'accomplissait dans des ténèbres étouffantes. Ses mains saignaient. Il défaillait de faim. Il respirait mal un air insuffisant, et, de temps à autre, les soupirs de Gourel lui rappelaient l'épouvantable danger qui le menaçait au fond de sa tanière.

Mais rien n'eût pu le décourager, car maintenant il retrouvait en face de lui ces pierres cimentées qui composaient la paroi de la galerie. C'était le plus difficile, mais le but approchait.

« Ça monte, cria Gourel, d'une voix étranglée, ça monte. »

M. Lenormand redoubla d'efforts. Soudain la tige du verrou dont il se servait jaillit dans le vide. Le passage était creusé. Il n'y avait plus qu'à l'élargir, ce qui devenait beaucoup plus facile maintenant qu'il pouvait rejeter les matériaux devant lui.

Gourel, fou de terreur, poussait des hurlements de bête qui agonise. Il ne s'en émouvait pas. Le salut était à portée de sa main.

Il eut cependant quelques secondes d'anxiété en constatant, au bruit des matériaux qui tombaient, que cette partie du tunnel était également remplie d'eau — ce qui était naturel, la porte ne constituant pas une digue suffisamment hermétique. Mais qu'importait ! l'issue était libre... un dernier effort... Il passa.

« Viens, Gourel », cria-t-il, en revenant chercher son compagnon.

Il le tira, à demi mort, par les poignets.

« Allons, secoue-toi, ganache, puisque nous sommes sauvés.

— Vous croyez, chef ?... vous croyez ?... Nous avons de l'eau jusqu'à la poitrine...

— Va toujours... Tant que nous n'en aurons pas par-dessus la bouche... Et ta lanterne ?

— Elle ne va plus.

— Tant pis. »

Il eut une exclamation de joie :

« Une marche... deux marches !... Un escalier... Enfin ! »

Ils sortaient de l'eau, de cette eau maudite qui les avait presque engloutis, et c'était une sensation délicieuse, une délivrance qui les exaltait.

« Arrête ! » murmura M. Lenormand.

Sa tête avait heurté quelque chose. Les bras tendus, il s'arc-bouta contre l'obstacle qui céda aussitôt. C'était le battant d'une trappe, et, cette trappe ouverte, on se trouvait dans une cave où filtrait par un soupirail la lueur d'une nuit claire.

Il renversa le battant et escalada les dernières marches.

Un voile s'abattit sur lui. Des bras le saisirent. Il se sentit comme enveloppé d'une couverture, d'une sorte de sac, puis lié par des cordes.

« A l'autre », dit une voix.

On dut exécuter la même opération avec Gourel, et la même voix dit :

« S'ils crient, tue-les tout de suite. Tu as ton poignard ?

— Oui.

— En route. Vous deux, prenez celui-ci... vous deux celui-là... Pas de lumière, et pas de bruit non plus... Ce serait grave ! depuis ce matin on fouille le jardin d'à côté... ils sont dix ou quinze qui se démènent. Retourne au pavillon, Gertrude, et, s'il y a la moindre chose, téléphone-moi à Paris. »

M. Lenormand eut l'impression qu'on le portait, puis, après un instant, l'impression qu'on était dehors.

« Approche la charrette », dit la voix.

M. Lenormand entendit le bruit d'une voiture et d'un cheval.

On le coucha sur des planches. Gourel fut hissé près de lui. Le cheval partit au trot.

Le trajet dura une demi-heure environ.

« Halte ! ordonna la voix... Descendez-les. Eh ! le conducteur, tourne la charrette de façon que l'arrière touche au parapet du pont... Bien... Pas de bateaux sur la Seine ? Non ? Alors, ne perdons pas de temps... Ah ! vous leur avez attaché des pierres ?

— Oui, des pavés.

— En ce cas, allez-y. Recommande ton âme à Dieu, monsieur Lenormand, et prie pour moi, Parbury-Ribeira, plus connu sous le nom de baron Altenheim. Ça y est ? Tout est prêt ? Eh bien, bon voyage, monsieur Lenormand ! »

M. Lenormand fut placé sur le parapet. On le poussa. Il sentit qu'il tombait dans le vide, et il entendit encore la voix qui ricanait :

« Bon voyage ! »

Dix secondes après, c'était le tour du brigadier Gourel.

PARBURY-RIBEIRA-ALTENHEIM

I

Les petites filles jouaient dans le jardin, sous la surveillance de Mlle Charlotte, nouvelle collaboratrice de Geneviève. Mme Ernemont leur fit une distribution de gâteaux, puis rentra dans la pièce qui servait de salon et de parloir, et s'installa devant un bureau dont elle rangea les papiers et les registres.

Soudain, elle eut l'impression d'une présence étrangère dans la pièce. Inquiète, elle se retourna.

« Toi ! s'écria-t-elle... D'où viens-tu ? Par où ?...

— Chut, fit le prince Sernine. Ecoute-moi et ne perdons pas une minute. Geneviève ?

— En visite chez Mme Kesselbach.

— Elle sera ici ?

— Pas avant une heure.

— Alors, je laisse venir les frères Doudeville. J'ai rendez-vous avec eux. Comment va Geneviève ?

— Très bien.

— Combien de fois a-t-elle revu Pierre Leduc depuis mon départ, depuis dix jours ?

— Trois fois, et elle doit le retrouver aujourd'hui chez Mme Kesselbach à qui elle l'a présenté, selon tes ordres. Seulement, je te dirai que ce Pierre Leduc ne me dit pas grand-chose, à moi. Geneviève aurait plutôt besoin de trouver quelque bon garçon de sa classe. Tiens, l'instituteur.

— Tu es folle ! Geneviève épouser un maître d'école !

— Ah ! si tu considérais d'abord le bonheur de Geneviève...

— Flûte, Victoire. Tu m'embêtes avec tous tes papotages. Est-ce que j'ai le temps de faire du sentiment ? Je joue une partie d'échecs, et je pousse mes pièces sans me soucier de ce qu'elles pensent. Quand j'aurai gagné la partie, je m'inquiéterai de savoir si le cavalier Pierre Leduc et la reine Geneviève ont un cœur. »

Elle l'interrompit.

« Tu as entendu ? un coup de sifflet...

— Ce sont les deux Doudeville. Va les chercher, et laisse-nous. »

Dès que les deux frères furent entrés, il les interrogea avec sa précision habituelle :

« Je sais ce que les journaux ont dit sur la disparition de Lenormand et de Gourel. En savez-vous davantage ?

— Non. Le sous-chef, M. Weber, a pris l'affaire en main. Depuis huit jours nous fouillons le jardin de la maison de retraite et l'on n'arrive pas à s'expliquer comment ils ont pu disparaître. Tout le service est en l'air... On n'a jamais vu ça... un chef de la Sûreté qui disparaît, et sans laisser de trace !

— Les deux servantes ?

— Gertrude est partie. On la recherche.

— Sa sœur Suzanne ?

— M. Weber et M. Formerie l'ont questionnée. Il n'y a rien contre elle.

— Voilà tout ce que vous avez à me dire ?

— Oh ! non, il y a d'autres choses, tout ce que nous n'avons pas dit aux journaux. »

Ils racontèrent alors les événements qui avaient marqué les deux derniers jours de M. Lenormand, la visite nocturne des deux bandits dans la villa de Pierre Leduc, puis, le lendemain, la tentative d'enlèvement commise par Ribeira et la chasse à travers les bois de Saint-Cucufa, puis l'arrivée du vieux Steinweg, son interrogatoire à la Sûreté devant Mme Kesselbach, son évasion du Palais.

« Et personne, sauf vous, ne connaît aucun de ces détails ?

— Dieuzy connaît l'incident Steinweg, c'est même lui qui nous l'a raconté.

— Et l'on a toujours confiance en vous à la Préfecture ?

— Tellement confiance qu'on nous emploie ouvertement. M. Weber ne jure que par nous.

— Allons, dit le prince, tout n'est pas perdu. Si M. Lenormand a commis quelque imprudence qui lui a coûté la vie, comme je le suppose, il avait tout de même fait auparavant de la bonne besogne, et il n'y a qu'à continuer. L'ennemi a de l'avance, mais on le rattrapera.

— Nous aurons du mal, patron.

— En quoi ? Il s'agit tout simplement de retrouver le vieux Steinweg, puisque c'est lui qui a le mot de l'énigme.

— Oui, mais où Ribeira l'a-t-il coffré, le vieux Steinweg ?

— Chez lui, parbleu.

— Il faudrait donc savoir où Ribeira demeure.

— Parbleu ! »

Les ayant congédiés, il se rendit à la maison de retraite. Des automobiles stationnaient à la porte, et deux hommes allaient et venaient, comme s'ils montaient la garde.

Dans le jardin, près du pavillon de Mme Kesselbach, il aperçut sur un banc Geneviève, Pierre Leduc et un monsieur de taille épaisse qui portait un monocle. Tous trois causaient. Aucun d'eux ne le vit.

Mais plusieurs personnes sortirent du pavillon. C'étaient M. Formerie, M. Weber, un greffier et deux inspecteurs. Geneviève rentra, le monsieur au monocle adressa la parole au juge et au sous-chef de la Sûreté, et s'éloigna lentement avec eux. Sernine vint à côté du banc où Pierre Leduc était assis, et murmura :

« Ne bouge pas, Pierre Leduc, c'est moi.

— Vous !... vous !... »

C'était la troisième fois que le jeune homme voyait Sernine depuis l'horrible soir de Versailles, et chaque fois cela le bouleversait.

« Réponds... Qui est l'individu au monocle ? »

Pierre Leduc balbutiait, tout pâle. Sernine lui pinça le bras.

« Réponds, crebleu ! qui est-ce ?

— Le baron Altenheim.

— D'où vient-il ?

— C'était un ami de M. Kesselbach. Il est arrivé d'Autriche, il y a six jours, et il s'est mis à la disposition de Mme Kesselbach. »

Les magistrats cependant étaient sortis du jardin ainsi que le baron Altenheim.

« Le baron t'a interrogé ?

— Oui, beaucoup. Mon cas l'intéresse. Il voudrait m'aider à retrouver ma famille, il fait appel à mes souvenirs d'enfance.

— Et que dis-tu ?

— Rien, puisque je ne sais rien. Est-ce que j'ai des souvenirs, moi ? Vous m'avez mis à la place d'un autre, et je ne sais même pas qui est cet autre.

— Moi non plus ! ricana le prince, et voilà justement en quoi consiste la bizarrerie de ton cas.

— Ah ! vous riez... vous riez toujours... Mais moi, je commence à en avoir assez... Je suis mêlé à des tas de choses malpropres... sans compter le danger que je cours à jouer un personnage que je ne suis pas.

— Comment... que tu n'es pas ? Tu es duc pour le moins autant que je suis prince... Peut-être davantage même... Et puis, si tu ne l'es pas, deviens-le, sapristi ! Geneviève ne peut épouser qu'un duc. Regarde-la... Geneviève ne vaut-elle pas que tu vendes ton âme pour ses beaux yeux ? »

Il ne l'observa même pas, indifférent à ce qu'il

pensait. Ils étaient entrés et, au bas des marches, Geneviève apparaissait, gracieuse et souriante.

« Vous voilà revenu ? dit-elle au prince... Ah ! tant mieux ! Je suis contente... vous voulez voir Dolorès ? »

Après un instant, elle l'introduisit dans la chambre de Mme Kesselbach. Le prince eut un saisissement. Dolorès était plus pâle encore, plus émaciée qu'au dernier jour où il l'avait vue. Couchée sur un divan, enveloppée d'étoffes blanches, elle avait l'air de ces malades qui renoncent à lutter. C'était contre la vie qu'elle ne luttait plus, elle, contre le destin qui l'accablait de ses coups.

Sernine la regardait avec une pitié profonde, et avec une émotion qu'il ne cherchait pas à dissimuler. Elle le remercia de la sympathie qu'il lui témoignait. Elle parla aussi du baron Altenheim, en termes amicaux.

« Vous le connaissiez autrefois ? demanda-t-il.

— De nom, oui, et par mon mari avec qui il était fort lié.

— J'ai rencontré un Altenheim qui demeurait rue Daru. Pensez-vous que ce soit celui-là ?

— Oh ! non ; celui-là demeure... Au fait, je n'en sais trop rien, il m'a donné son adresse, mais je ne pourrais dire... »

Après quelques minutes de conversation, Sernine prit congé.

Dans le vestibule, Geneviève l'attendait.

« J'ai à vous parler, dit-elle vivement... des choses graves... Vous l'avez vu ?

— Qui ?

— Le baron Altenheim... mais ce n'est pas son nom... ou du moins il en a un autre... je l'ai reconnu... il ne s'en doute pas... »

Elle l'entraînait dehors et elle marchait très agitée.

« Du calme, Geneviève...

— C'est l'homme qui a voulu m'enlever... Sans ce

pauvre M. Lenormand, j'étais perdue... Voyons, vous devez savoir, vous qui savez tout.

— Alors son vrai nom ?
— Ribeira.
— Vous êtes sûre ?
— Il a eu beau changer sa tête, son accent, ses manières, je l'ai deviné tout de suite, à l'horreur qu'il m'inspire. Mais je n'ai rien dit... jusqu'à votre retour.
— Vous n'avez rien dit non plus à Mme Kesselbach ?
— Rien. Elle paraissait si heureuse de retrouver un ami de son mari. Mais vous lui en parlerez, n'est-ce pas ? Vous la défendrez... Je ne sais ce qu'il prépare contre elle, contre moi... Maintenant que M. Lenormand n'est plus là, il ne craint plus rien, il agit en maître. Qui est-ce qui pourrait le démasquer ?
— Moi. Je réponds de tout. Mais pas un mot à personne. »

Ils étaient arrivés devant la loge des concierges.

La porte s'ouvrit.

Le prince dit encore :

« Adieu, Geneviève, et surtout soyez tranquille. Je suis là. »

Il ferma la porte, se retourna et, tout de suite, eut un léger mouvement de recul.

En face de lui, se tenait, la tête haute, les épaules larges, la carrure puissante, l'homme au monocle, le baron Altenheim.

Ils se regardèrent deux ou trois secondes, en silence. Le baron souriait.

Il dit :

« Je t'attendais, Lupin. »

Si maître de lui qu'il fût, Sernine tressaillit. Il venait pour démasquer son adversaire, et c'était son adversaire qui l'avait démasqué, du premier coup. Et, en même temps, cet adversaire s'offrait à la lutte, hardiment, effrontément, comme s'il était sûr de la victoire. Le geste était crâne et prouvait une rude force.

Les deux hommes se mesuraient des yeux, violemment hostiles.

« Et après ? dit Sernine.

— Après ? ne penses-tu pas que nous ayons besoin de nous voir ?

— Pourquoi ?

— J'ai à te parler.

— Quel jour veux-tu ?

— Demain. Nous déjeunerons ensemble au restaurant.

— Pourquoi pas chez toi ?

— Tu ne connais pas mon adresse.

— Si. »

Le prince saisit rapidement un journal qui dépassait de la poche d'Altenheim, un journal qui avait encore sa bande d'envoi, et il dit :

« 29, villa Dupont.

— Bien joué, fit l'autre. Donc, à demain, chez moi.

— A demain, chez toi. Ton heure ?

— Une heure.

— J'y serai. Mes hommages. »

Ils allaient se séparer. Altenheim s'arrêta.

« Ah ! un mot encore, prince. Emporte tes armes.

— Pourquoi ?

— J'ai quatre domestiques, et tu seras seul.

— J'ai mes poings, dit Sernine, la partie sera égale. »

Il lui tourna le dos, puis, le rappelant :

« Ah ! un mot encore, baron. Engage quatre autres domestiques.

— Pourquoi ?

— J'ai réfléchi. Je viendrai avec ma cravache. »

II

A une heure exactement, un cavalier franchissait la grille de la villa Dupont, paisible rue provinciale dont l'unique issue donne sur la rue Pergolèse, à deux pas de l'avenue du Bois.

Des jardins et de jolis hôtels la bordent. Et tout au bout elle est fermée par une sorte de petit parc où s'élève une vieille et grande maison contre laquelle passe le chemin de fer de Ceinture.

C'est là, au numéro 29, qu'habitait le baron Altenheim.

Sernine jeta la bride de son cheval à un valet de pied qu'il avait envoyé d'avance, et lui dit :

« Tu le ramèneras à deux heures et demie. »

Il sonna. La porte du jardin s'étant ouverte, il se dirigea vers le perron où l'attendaient deux grands gaillards en livrée qui l'introduisirent dans un immense vestibule de pierre, froid et sans le moindre ornement. La porte se referma derrière lui avec un bruit sourd, et, quel que fût son courage indomptable, il n'en eut pas moins une impression pénible à se sentir seul, environné d'ennemis, dans cette prison isolée.

« Vous annoncerez le prince Sernine. »

Le salon était proche. On l'y fit entrer aussitôt.

« Ah ! vous voilà, mon cher prince, fit le baron en venant au-devant de lui... Eh bien, figurez-vous... Dominique, le déjeuner dans vingt minutes... D'ici là qu'on nous laisse. Figurez-vous, mon cher prince, que je ne croyais pas beaucoup à votre visite.

— Ah ! pourquoi ?

— Dame, votre déclaration de guerre, ce matin, est si nette que toute entrevue est inutile.

— Ma déclaration de guerre ? »

Le baron déplia un numéro du *Grand Journal* et signala du doigt un article ainsi conçu : *Communiqué*.

« La disparition de M. Lenormand n'a pas été sans émouvoir Arsène Lupin. Après une enquête sommaire, et comme suite à son projet d'élucider l'affaire Kesselbach, Arsène Lupin a décidé qu'il retrouverait M. Lenormand *vivant ou mort*, et qu'il livrerait à la justice le ou les auteurs de cette abominable série de forfaits. »

« C'est bien de vous, ce communiqué, mon cher prince ?

— C'est de moi, en effet.

— Par conséquent, j'avais raison, c'est la guerre.

— Oui. »

Altenheim fit asseoir Sernine, s'assit, et lui dit d'un ton conciliant :

« Eh bien, non, je ne puis admettre cela. Il est impossible que deux hommes comme nous se combattent et se fassent du mal. Il n'y a qu'à s'expliquer, qu'à chercher les moyens : nous sommes faits pour nous entendre.

— Je crois au contraire que deux hommes comme nous ne sont pas faits pour s'entendre. »

L'autre réprima un geste d'impatience et reprit :

« Ecoute, Lupin... A propos, tu veux bien que je t'appelle Lupin ?

— Comment t'appellerai-je, moi ? Altenheim, Ribeira, ou Parbury ?...

— Oh ! oh ! je vois que tu es encore plus documenté que je ne croyais ! Peste, tu es d'attaque... Raison de plus pour nous accorder. »

Et, se penchant vers lui :

« Ecoute, Lupin, réfléchis bien à mes paroles, il n'en est pas une que je n'aie mûrement pesée. Voici... Nous sommes de force tous les deux... Tu souris ? C'est un tort... Il se peut que tu aies des ressources que je n'ai pas, mais j'en ai, moi, que tu ignores. En plus, comme tu le sais, pas beaucoup de scrupules... de l'adresse... et une aptitude à changer de personnalité qu'un maître comme toi doit apprécier. Bref, les deux adversaires se valent. Mais il reste une question : Pourquoi sommes-nous adversaires ? Nous poursuivons le même but, diras-tu ? Et après ? Sais-tu ce qu'il en adviendra de notre rivalité ? C'est que chacun de nous paralysera les efforts et détruira l'œuvre de l'autre, et que nous le raterons tous les deux, le but ! Au profit de qui ? D'un Lenormand quelconque, d'un troisième larron... C'est trop bête.

— C'est trop bête, en effet, confessa Sernine, mais il y a un moyen.

— Lequel ?

— Retire-toi.

— Ne blague pas. C'est sérieux. La proposition que je vais te faire est de celles qu'on ne rejette pas sans les examiner. Bref, en deux mots, voici : Associons-nous.

— Oh ! oh !

— Bien entendu, nous resterons libres, chacun de notre côté, pour tout ce qui nous concerne. Mais pour l'affaire en question nous mettons nos efforts en commun. Ça va-t-il ? La main dans la main, et part à deux.

— Qu'est-ce que tu apportes ?

— Moi ?

— Oui. Tu sais ce que je vaux, moi ; j'ai fait mes preuves. Dans l'union que tu me proposes, tu connais pour ainsi dire le chiffre de ma dot... Quelle est la tienne ?

— Steinweg.

— C'est peu.

— C'est énorme. Par Steinweg, nous apprenons la

vérité sur Pierre Leduc. Par Steinweg, nous savons ce qu'est le fameux projet Kesselbach. »

Sernine éclata de rire.

« Et tu as besoin de moi pour cela ?

— Comment ?

— Voyons, mon petit, ton offre est puérile. Du moment que Steinweg est entre tes mains, si tu désires ma collaboration, c'est que tu n'as pas réussi à le faire parler. Sans quoi tu te passerais de mes services.

— Et alors ?

— Alors, je refuse ! »

Les deux hommes se dressèrent de nouveau, implacables et violents.

« Je refuse, articula Sernine. Lupin n'a besoin de personne, lui, pour agir. Je suis de ceux qui marchent seuls. Si tu étais mon égal, comme tu le prétends, l'idée ne te serait jamais venue d'une association. Quand on a la taille d'un chef, on commande. *S'unir, c'est obéir.* Je n'obéis pas !

— Tu refuses ? tu refuses ? répéta Altenheim, tout pâle sous l'outrage.

— Tout ce que je puis faire pour toi, mon petit, c'est de t'offrir une place dans ma bande. Simple soldat, pour commencer. Sous mes ordres, tu verras comment un général gagne une bataille... et comment il empoche le butin, à lui tout seul, et pour lui tout seul. Ça colle, pioupiou ? »

Altenheim grinçait des dents, hors de lui. Il mâchonna :

« Tu as tort, Lupin... tu as tort... Moi non plus je n'ai besoin de personne, et cette affaire-là ne m'embarrasse pas plus qu'un tas d'autres que j'ai menées jusqu'au bout... Ce que j'en disais, c'était pour arriver plus vite au but, et sans se gêner.

— Tu ne me gênes pas, dit Lupin, dédaigneusement.

— Allons donc ! si l'on ne s'associe pas, il n'y en a qu'un qui arrivera.

— Ça me suffit.

— Et il n'arrivera qu'après avoir passé sur le corps de l'autre. Es-tu prêt à cette sorte de duel, Lupin ?... duel à mort, comprends-tu ? Le coup de couteau, c'est un moyen que tu méprises, mais si tu le reçois là, Lupin, en pleine gorge ?...

— Ah ! ah ! en fin de compte, voilà ce que tu me proposes ?

— Non, je n'aime pas beaucoup le sang, moi... Regarde mes poings... je frappe... et l'on tombe... j'ai des coups à moi... Mais *l'autre tue*... rappelle-toi... la petite blessure à la gorge... Ah ! celui-là, Lupin, prends garde à lui... Il est terrible et implacable... Rien ne l'arrête. »

Il prononça ces mots à voix basse et avec une telle émotion que Sernine frissonna au souvenir abominable de l'inconnu.

« Baron, ricana-t-il, on dirait que tu as peur de ton complice !

— J'ai peur pour les autres, pour ceux qui nous barrent la route, pour toi, Lupin. Accepte ou tu es perdu. Moi-même, s'il le faut, j'agirai. Le but est trop près... j'y touche... Va-t'en Lupin ! »

Il était puissant d'énergie et de volonté exaspérée, et si brutal qu'on l'eût dit prêt à frapper l'ennemi sur-le-champ.

Sernine haussa les épaules.

« Dieu ! que j'ai faim ! dit-il en bâillant. Comme on mange tard chez toi ! »

La porte s'ouvrit.

« Monsieur est servi, annonça le maître d'hôtel.

— Ah ! que voilà une bonne parole ! »

Sur le pas de la porte, Altenheim lui agrippa le bras, et, sans se soucier de la présence du domestique :

« Un bon conseil... accepte. L'heure est grave... Et ça vaut mieux, je te jure, ça vaut mieux... accepte...

— Du caviar ! s'écria Sernine... ah ! c'est tout à fait

gentil... Tu t'es souvenu que tu traitais un prince russe. »

Ils s'assirent l'un en face de l'autre, et le lévrier du baron, une grande bête aux longs poils d'argent, prit place entre eux.

« Je vous présente Sirius, mon plus fidèle ami.

— Un compatriote, dit Sernine. Je n'oublierai jamais celui que voulut bien me donner le tsar quand j'eus l'honneur de lui sauver la vie.

— Ah ! vous avez eu l'honneur... un complot terroriste, sans doute ?

— Oui, un complot que j'avais organisé. Figurez-vous que ce chien, qui s'appelait Sébastopol... »

Le déjeuner se poursuivit gaiement, Altenheim avait repris sa bonne humeur, et les deux hommes firent assaut d'esprit et de courtoisie. Sernine raconta des anecdotes auxquelles le baron riposta par d'autres anecdotes, et c'étaient des récits de chasse, de sport, de voyage, où revenaient à tout instant les plus vieux noms d'Europe, grands d'Espagne, lords anglais, magyars hongrois, archiducs autrichiens.

« Ah ! dit Sernine, quel joli métier que le nôtre ! Il nous met en relation avec tout ce qu'il y a de bien sur terre. Tiens, Sirius, un peu de cette volaille truffée. »

Le chien ne le quittait pas de l'œil, happant d'un coup de gueule tout ce que Sernine lui tendait.

« Un verre de chambertin, prince ?

— Volontiers, baron.

— Je vous le recommande, il vient des caves du roi Léopold.

— Un cadeau ?

— Oui, un cadeau que je me suis offert.

— Il est délicieux... Un bouquet !... Avec ce pâté de foie, c'est une trouvaille. Mes compliments, baron, votre chef est de premier ordre.

— Ce chef est une cuisinière, prince. Je l'ai enlevée à prix d'or à Levraud, le député socialiste. Tenez, goûtez-moi ce chaud-froid de glace au cacao, et j'attire votre attention sur les gâteaux secs qui l'accompagnent. Une invention de génie, ces gâteaux.

— Ils sont charmants de forme, en tout cas, dit Sernine, qui se servit. Si leur ramage répond à leur plumage... Tiens, Sirius, tu dois adorer cela. Locuste n'aurait pas mieux fait. »

Vivement il avait pris un des gâteaux et l'avait offert au chien. Celui-ci l'avala d'un coup, resta deux ou trois secondes immobile, comme stupide, puis tournoya sur lui-même et tomba, foudroyé.

Sernine s'était jeté en arrière pour n'être pas pris en traître par un des domestiques, et, se mettant à rire :

« Dis donc, baron, quand tu veux empoisonner un de tes amis, tâche que ta voix reste calme et que tes mains ne frémissent pas... Sans quoi on se méfie... Mais je croyais que tu répugnais à l'assassinat ?

— Au coup de couteau, oui, dit Altenheim sans se troubler. Mais j'ai toujours eu envie d'empoisonner quelqu'un. Je voulais savoir quel goût ça avait.

— Bigre ! mon bonhomme, tu choisis bien tes morceaux. Un prince russe ! »

Il s'approcha d'Altenheim et lui dit d'un ton confidentiel :

« Sais-tu ce qui serait arrivé si tu avais réussi, c'est-à-dire si mes amis ne m'avaient pas vu revenir à trois heures au plus tard ? Eh bien, à trois heures et demie, le préfet de police savait exactement à quoi s'en tenir sur le compte du soi-disant baron Altenheim, lequel baron était cueilli avant la fin de la journée et coffré au Dépôt.

— Bah ! dit Altenheim, de prison on s'évade... tandis qu'on ne revient pas du royaume où je t'envoyais.

— Evidemment, mais il eût d'abord fallu m'y envoyer, et cela ce n'est pas facile.

— Il suffisait d'une bouchée d'un de ces gâteaux.

— En es-tu bien sûr ?

— Essaie.

— Décidément, mon petit, tu n'as pas encore l'étoffe d'un grand maître de l'Aventure, et sans doute ne l'auras-tu jamais, puisque tu me tends des pièges de cette sorte. Quand on se croit digne de mener la vie que nous avons l'honneur de mener, on doit aussi en être capable, et, pour cela, être prêt à toutes les éventualités... même à ne pas mourir si une fripouille quelconque tente de vous empoisonner... Une âme intrépide dans un corps inattaquable, voilà l'idéal qu'il faut se proposer... et atteindre. Travaille, mon petit. Moi, je suis intrépide et inattaquable. Rappelle-toi le roi Mithridate. »

Et, se rasseyant :

« A table, maintenant ! Mais comme j'aime à prouver les vertus que je me décerne, et comme, d'autre part, je ne veux pas faire de peine à ta cuisinière, donne-moi donc cette assiette de gâteaux. »

Il en prit un, le cassa en deux, et tendit une moitié au baron :

« Mange ! »

L'autre eut un geste de recul.

« Froussard ! » dit Sernine.

Et, sous les yeux ébahis du baron et de ses acolytes, il se mit à manger la première, puis la seconde moitié du gâteau, tranquillement, consciencieusement, comme on mange une friandise dont on serait désolé de perdre la plus petite miette.

III

Ils se revirent.

Le soir même, le prince Sernine invitait le baron Altenheim au Cabaret Vatel, et le faisait dîner avec un poète, un musicien, un financier et deux jolies comédiennes, sociétaires du Théâtre-Français.

Le lendemain, ils déjeunèrent ensemble au Bois, et le soir ils se retrouvèrent à l'Opéra.

Et chaque jour, durant une semaine, ils se revirent.

On eût dit qu'ils ne pouvaient se passer l'un de l'autre, et qu'une grande amitié les unissait, faite de confiance, d'estime et de sympathie.

Ils s'amusaient beaucoup, buvaient de bons vins, fumaient d'excellents cigares, et riaient comme des fous.

En réalité, ils s'épiaient férocement. Ennemis mortels, séparés par une haine sauvage, chacun d'eux, sûr de vaincre et le voulant avec une volonté sans frein, ils attendaient la minute propice, Altenheim pour supprimer Sernine, et Sernine pour précipiter Altenheim dans le gouffre qu'il creusait devant lui. Tous deux savaient que le dénouement ne pouvait tarder. L'un ou l'autre y laisserait sa peau, et c'était une question d'heures, de jours, tout au plus.

Drame passionnant, et dont un homme comme Sernine devait goûter l'étrange et puissante saveur. Connaître son adversaire et vivre à ses côtés, savoir que, au moindre pas, à la moindre étourderie, c'est la mort qui vous guette, quelle volupté !

Un jour, dans le jardin du cercle de la rue Cambon, dont Altenheim faisait également partie, ils étaient seuls, à cette heure de crépuscule où l'on commence à dîner au mois de juin, et où les joueurs du soir ne sont pas encore là. Ils se promenaient autour d'une pelouse, le long de laquelle il y avait, bordé de massifs, un mur que perçait une petite porte. Et soudain, pendant qu'Altenheim parlait, Sernine eut l'impression que sa voix devenait moins assurée, presque tremblante. Du coin de l'œil il l'observa. La main d'Altenheim était engagée dans la poche de son veston, et Sernine *vit*, à travers l'étoffe, cette main qui se crispait au manche d'un poignard, hésitante, indécise, tour à tour résolue et sans force.

Moment délicieux ! Allait-il frapper ? Qui l'emporterait, de l'instinct peureux et qui n'ose pas, ou de la volonté consciente, toute tendue vers l'acte de tuer ?

Le buste droit, les bras derrière le dos, Sernine attendait, avec des frissons d'angoisse et de plaisir. Le baron s'était tu, et dans le silence ils marchaient tous les deux côte à côte.

« Mais frappe donc ! » s'écria le prince.

Il s'était arrêté, et, tourné vers son compagnon :

« Frappe donc, disait-il, c'est l'instant ou jamais ! Personne ne peut te voir. Tu files par cette petite porte dont la clef se trouve par hasard accrochée au mur, et bonjour, baron... ni vu ni connu... Mais j'y pense, tout cela était combiné... C'est toi qui m'as amené ici... Et tu hésites ? Mais frappe donc ! »

Il le regardait au fond des yeux. L'autre était livide, tout frémissant d'énergie impuissante.

« Poule mouillée ! ricana Sernine. Je ne ferai jamais rien de toi. La vérité, veux-tu que je te la dise ? Eh bien, je te fais peur. Mais oui, tu n'es jamais très sûr de ce qui va t'arriver quand tu es en face de moi. C'est toi qui veux agir, et ce sont mes actes, mes actes possibles, qui dominent la situation. Non, décidément, tu n'es pas encore celui qui fera pâlir mon étoile ! »

Il n'avait pas achevé ce mot qu'il se sentit pris au cou et attiré en arrière. Quelqu'un, qui se cachait dans le massif, près de la petite porte, l'avait happé par la tête. Il vit un bras qui se levait, armé d'un couteau dont la lame était toute brillante. Le bras s'abattit, la pointe du couteau l'atteignit en pleine gorge.

Au même moment, Altenheim sauta sur lui pour l'achever, et ils roulèrent dans les plates-bandes. Ce fut l'affaire de vingt à trente secondes, tout au plus. Si fort qu'il fût, si entraîné aux exercices de lutte, Altenheim céda presque aussitôt, en poussant un cri de douleur. Sernine se releva et courut vers la petite porte qui venait de se refermer sur une silhouette sombre. Trop tard ! Il entendit le bruit de la clef dans la serrure. Il ne put l'ouvrir.

« Ah ! bandit ! jura-t-il, le jour où je t'aurai, ce sera le jour de mon premier crime ! Mais pour Dieu !... »

Il revint, se baissa, et recueillit les morceaux du poignard qui s'était brisé en le frappant.

Altenheim commençait à bouger. Il lui dit :

« Eh bien, baron, ça va mieux ? Tu ne connaissais pas ce coup-là, hein ? C'est ce que j'appelle le coup direct au plexus solaire, c'est-à-dire que ça vous mouche votre soleil vital, comme une chandelle. C'est propre, rapide, sans douleur... et infaillible. Tandis qu'un coup de poignard ?... Peuh ! il n'y a qu'à porter un petit gorgerin à mailles d'acier, comme j'en porte moi-même, et l'on se fiche de tout le monde, surtout de ton petit camarade noir, puisqu'il frappe toujours à la gorge, le monstre idiot ! Tiens, regarde son joujou favori... Des miettes ! »

Il lui tendit la main.

« Allons, relève-toi, baron. Je t'invite à dîner. Et

veuille bien te rappeler le secret de ma supériorité : une âme intrépide dans un corps inattaquable. »

Il rentra dans les salons du cercle, retint une table pour deux personnes, s'assit sur un divan et attendit l'heure du dîner en songeant :

« Evidemment la partie est amusante, mais ça devient dangereux. Il faut en finir... Sans quoi, ces animaux-là m'enverront au paradis plus tôt que je ne veux... L'embêtant, c'est que je ne peux rien faire contre eux avant d'avoir retrouvé le vieux Steinweg... Car, au fond, il n'y a que cela d'intéressant, le vieux Steinweg, et si je me cramponne au baron, c'est que j'espère toujours recueillir un indice quelconque... Que diable en ont-ils fait ? Il est hors de doute qu'Altenheim est en communication quotidienne avec lui, il est hors de doute qu'il tente l'impossible pour lui arracher des informations sur le projet Kesselbach. Mais où le voit-il ? Où l'a-t-il fourré ? chez des amis ? chez lui, au 29 de la villa Dupont ? »

Il réfléchit assez longtemps, puis alluma une cigarette dont il tira trois bouffées et qu'il jeta. Ce devait être un signal, car deux jeunes gens vinrent s'asseoir à côté de lui, qu'il semblait ne point connaître, mais avec lesquels il s'entretint furtivement.

C'étaient les frères Doudeville, en hommes du monde ce jour-là.

« Qu'y a-t-il, patron ?

— Prenez six de nos hommes, allez au 29 de la villa Dupont, et entrez.

— Fichtre ! Comment ?

— Au nom de la loi. N'êtes-vous pas inspecteurs de la Sûreté ? Une perquisition.

— Mais nous n'avons pas le droit...

— Prenez-le.

— Et les domestiques ? S'ils résistent ?

— Ils ne sont que quatre.

— S'ils crient ?

— Ils ne crieront pas.

— Si Altenheim revient ?

— Il ne reviendra pas avant dix heures. Je m'en charge. Ça vous fait deux heures et demie. C'est plus qu'il ne vous en faut pour fouiller la maison de fond en comble. Si vous trouvez le vieux Steinweg, venez m'avertir. »

Le baron Altenheim s'approchait, il alla au-devant de lui.

« Nous dînons, n'est-ce pas ? Le petit incident du jardin m'a creusé l'estomac. A ce propos, mon cher baron, j'aurais quelques conseils à vous donner... »

Ils se mirent à table.

Après le repas, Sernine proposa une partie de billard, qui fut acceptée. Puis, la partie de billard terminée, ils passèrent dans la salle de baccara. Le croupier justement clamait :

« La banque est à cinquante louis, personne n'en veut ?...

— Cent louis », dit Altenheim.

Sernine regarda sa montre. Dix heures. Les Doudeville n'étaient pas revenus. Donc les recherches demeuraient infructueuses.

« Banco », dit-il.

Altenheim s'assit et répartit les cartes.

« J'en donne.
— Non.
— Sept.
— Six.
— J'ai perdu, dit Sernine. Banco du double ?
— Soit », fit le baron.

Il distribua les cartes.

« Huit, dit Sernine.
— Neuf », abattit le baron.

Sernine tourna sur ses talons en murmurant :

« Ça me coûte trois cents louis, mais je suis tranquille, le voilà cloué sur place. »

Un instant après, son auto le déposait devant le 29 de la villa Dupont, et, tout de suite, il trouva les Doudeville et leurs hommes réunis dans le vestibule.

« Vous avez déniché le vieux ?

— Non.

— Tonnerre ! Il est pourtant quelque part ! Où sont les domestiques ?

— Là, dans l'office, attachés.

— Bien. J'aime autant n'être pas vu. Partez tous. Jean, reste en bas et fais le guet. Jacques, fais-moi visiter la maison. »

Rapidement, il parcourut la cave, le grenier. Il ne s'arrêtait pour ainsi dire point, sachant bien qu'il ne découvrirait pas en quelques minutes ce que ses hommes n'avaient pu découvrir en trois heures. Mais il enregistrait fidèlement la forme et l'enchaînement des pièces.

Quand il eut fini, il revint vers une chambre que Doudeville lui avait indiquée comme celle d'Altenheim, et l'examina attentivement.

« Voilà qui fera mon affaire, dit-il en soulevant un rideau qui masquait un cabinet noir rempli de vêtements. D'ici, je vois toute la chambre.

— Et si le baron fouille sa maison ?

— Pourquoi ?

— Mais il saura que l'on est venu, par ses domestiques.

— Oui, mais il n'imaginera pas que l'un de nous s'est installé chez lui. Il se dira que la tentative a manqué, voilà tout. Par conséquent, je reste.

— Et comment sortirez-vous ?

— Ah ! tu m'en demandes trop. L'essentiel était d'entrer. Va, Doudeville, ferme les portes. Rejoins ton frère et filez... A demain... ou plutôt...

— Ou plutôt...

— Ne vous occupez pas de moi. Je vous ferai signe en temps voulu. »

Il s'assit sur une petite caisse placée au fond du placard. Une quadruple rangée de vêtements suspendus le protégeait. Sauf le cas d'investigations, il était évidemment là en toute sûreté.

Dix minutes s'écoulèrent. Il entendit le trot sourd d'un cheval, du côté de la villa, et le bruit d'un grelot.

Une voiture s'arrêta, la porte d'en bas claqua, et presque aussitôt il perçut des voix, des exclamations, toute une rumeur qui s'accentuait au fur et à mesure, probablement, qu'un des captifs était délivré de son bâillon.

« On s'explique, pensa-t-il... La rage du baron doit être à son comble... Il comprend maintenant la raison de ma conduite de ce soir, au cercle, et que je l'ai roulé proprement... Roulé, ça dépend, car enfin, Steinweg m'échappe toujours... Voilà la première chose dont il va s'occuper : lui a-t-on repris Steinweg ? Pour le savoir, il va courir à la cachette. S'il monte, c'est que la cachette est en haut. S'il descend, c'est qu'elle est dans les sous-sols. »

Il écouta. Le bruit des voix continuait dans les pièces du rez-de-chaussée, mais il ne semblait point que l'on bougeât. Altenheim devait interroger ses acolytes. Ce ne fut qu'après une demi-heure que Sernine entendit des pas qui montaient l'escalier.

« Ce serait donc en haut, se dit-il, mais pourquoi ont-ils tant tardé ? »

« Que tout le monde se couche », dit la voix d'Altenheim.

Le baron entra dans la chambre avec un de ses hommes et referma la porte.

« Et moi aussi, Dominique, je me couche. Quand nous discuterions toute la nuit, nous n'en serions pas plus avancés.

— Moi, mon avis, dit l'autre, c'est qu'il est venu pour chercher Steinweg.

— C'est mon avis, aussi, et c'est pourquoi je rigole, au fond, puisque Steinweg n'est pas là.

— Mais, enfin, où est-il ? Qu'est-ce que vous avez pu en faire ?

— Ça, c'est mon secret, et tu sais que, mes secrets, je les garde pour moi. Tout ce que je peux te dire, c'est que la prison est bonne et qu'il n'en sortira qu'après avoir parlé.

— Alors, bredouille, le prince ?

— Je te crois. Et encore, il a dû casquer pour arriver à ce beau résultat. Non, vrai, ce que je rigole !... Infortuné prince !...

— N'importe, reprit l'autre, il faudrait bien s'en débarrasser.

— Sois tranquille, mon vieux, ça ne tardera pas. Avant huit jours, je t'offrirai un portefeuille d'honneur, fabriqué avec de la peau de Lupin. Laisse-moi me coucher, je tombe de sommeil. »

Un bruit de porte qui se ferme. Puis Sernine entendit le baron qui mettait le verrou, puis qui vidait ses poches, qui remontait sa montre et qui se déshabillait.

Il était joyeux, sifflotait et chantonnait, parlant même à haute voix.

« Oui, en peau de Lupin... et avant huit jours... avant quatre jours ! sans quoi c'est lui qui nous boulottera, le sacripant !... Ça ne fait rien, il a raté son coup ce soir... Le calcul était juste, pourtant... Steinweg ne peut être qu'ici... Seulement, voilà... »

Il se mit au lit et tout de suite éteignit l'électricité. Sernine s'était avancé près du rideau, qu'il souleva légèrement, et il voyait la lumière vague de la nuit qui filtrait par les fenêtres, laissant le lit dans une obscurité profonde.

« Décidément, c'est moi la poire, se dit-il. Je me suis blousé jusqu'à la gauche. Dès qu'il ronflera, je m'esquive... »

Mais un bruit étouffé l'étonna, un bruit dont il n'aurait pu préciser la nature et qui venait du lit. C'était comme un grincement, à peine perceptible d'ailleurs.

« Eh bien, Steinweg, où en sommes-nous ? »

C'était le baron qui parlait ! Il n'y avait aucun doute que ce fût lui qui parlât, mais comment se pouvait-il qu'il parlât à Steinweg, puisque Steinweg n'était pas dans la chambre ? Et Altenheim continua :

« Es-tu toujours intraitable ?... Oui ?... Imbécile !

Il faudra pourtant bien que tu te décides à raconter ce que tu sais... Non ?... Bonsoir, alors, et à demain... »

« Je rêve, je rêve, se disait Sernine. Ou bien c'est lui qui rêve à haute voix. Voyons, Steinweg n'est pas à côté de lui, il n'est pas dans la chambre voisine... il n'est même pas dans la maison. Altenheim l'a dit... Alors, qu'est-ce que c'est que cette histoire ahurissante ? »

Il hésita. Allait-il sauter sur le baron, le prendre à la gorge et obtenir de lui, par la force et la menace, ce qu'il n'avait pu obtenir par la ruse ? Absurdité ! Jamais Altenheim ne se laisserait intimider.

« Allons, je pars, murmura-t-il, j'en serai quitte pour une soirée perdue. »

Il ne partit point. Il sentit qu'il lui était impossible de partir, qu'il devait attendre, que le hasard pouvait encore le servir.

Il décrocha avec des précautions infinies quatre ou cinq costumes et paletots, les étendit par terre, s'installa, et, le dos appuyé au mur, s'endormit le plus tranquillement du monde.

Le baron ne fut pas matinal. Une horloge quelque part sonna neuf coups quand il sauta du lit et fit venir son domestique.

Il lut le courrier que celui-ci apportait, s'habilla sans dire un mot, et se mit à écrire des lettres, pendant que le domestique suspendait soigneusement dans le placard les vêtements de la veille, et que Sernine, les poings en bataille, se disait :

« Voyons, faut-il que je défonce le plexus solaire de cet individu ? »

A dix heures, le baron ordonna :

« Va-t'en !

— Voilà, encore ce gilet...

— Va-t'en, je te dis. Tu reviendras quand je t'appellerai... pas avant. »

Il poussa la porte lui-même sur le domestique, attendit, en homme qui n'a guère confiance dans les autres, et, s'approchant d'une table où se trouvait un appareil téléphonique, il décrocha le récepteur.

« Allô !... mademoiselle, je vous prie de me donner Garches... C'est cela, mademoiselle, vous me sonnerez... »

Il resta près de l'appareil.

Sernine frémissait d'impatience. Le baron allait-il communiquer avec son mystérieux compagnon de crime ?

La sonnerie retentit.

« Allô, fit Altenheim... Ah ! c'est Garches... parfait... Mademoiselle, je voudrais le numéro 38... Oui, 38, deux fois quatre... »

Et au bout de quelques secondes, la voix plus basse, aussi basse et aussi nette que possible, il prononça :

« Le numéro 38 ?... C'est moi... pas de mots inutiles... Hier ?... Oui, tu l'as manqué dans le jardin... Une autre fois, évidemment... mais ça presse... il a fait fouiller la maison, le soir... je te raconterai... Rien trouvé, bien entendu... Quoi ?... allô !... Non, le vieux Steinweg refuse de parler... les menaces, les promesses, rien n'y a fait... Allô... Eh oui, parbleu, il sait que nous ne pouvons rien... Nous ne connaissons le projet de Kesselbach et l'histoire de Pierre Leduc qu'en partie... Lui seul a le mot de l'énigme... Oh ! il parlera, ça j'en réponds... et cette nuit même... sans quoi... Eh ! qu'est-ce que tu veux, tout plutôt que de le laisser échapper ! Vois-tu que le prince nous le chipe ? Oh ! celui-là, dans trois jours, il faut qu'il ait son compte... Tu as une idée ?... En effet... l'idée est bonne. Oh ! oh ! excellente... je vais m'en occuper... Quand se voit-on ? mardi, veux-tu ? Ça va. Je viendrai mardi... à deux heures... »

Il remit l'appareil en place et sortit. Sernine l'entendit qui donnait des ordres.

« Attention, cette fois, hein ? ne vous laissez pas pincer bêtement comme hier, je ne rentrerai pas avant la nuit. »

La lourde porte du vestibule se referma, puis ce fut le claquement de la grille dans le jardin et le grelot d'un cheval qui s'éloignait.

Après vingt minutes, deux domestiques survinrent, qui ouvrirent les fenêtres et firent la chambre.

Quand ils furent partis, Sernine attendit encore assez longtemps, jusqu'à l'heure présumée de leur repas. Puis, les supposant dans la cuisine, attablés, il se glissa hors du placard et se mit à inspecter le lit et la muraille à laquelle ce lit était adossé.

« Bizarre, dit-il, vraiment bizarre... Il n'y a rien là de particulier. Le lit n'a aucun double fond... Dessous, pas de trappe. Voyons la chambre voisine. »

Doucement, il passa à côté. C'était une pièce vide, sans aucun meuble.

« Ce n'est pas là que gîte le vieux... Dans l'épaisseur de ce mur ? Impossible, c'est plutôt une cloison, très mince. Sapristi ! Je n'y comprends rien, moi. »

Pouce par pouce, il interrogea le plancher, le mur, le lit, perdant son temps à des expériences inutiles. Décidément, il y avait là un truc, fort simple peut-être, mais que pour l'instant il ne saisissait pas.

« A moins que, se dit-il, Altenheim n'ait positivement déliré... C'est la seule supposition acceptable. Et, pour la vérifier, je n'ai qu'un moyen, c'est de rester. Et je reste. Advienne que pourra. »

De crainte d'être surpris, il réintégra son repaire et n'en bougea plus, rêvassant et sommeillant, tourmenté, d'ailleurs, par une faim violente.

Et le jour baissa. Et l'obscurité vint.

Altenheim ne rentra qu'après minuit. Il monta dans sa chambre, seul cette fois, se dévêtit, se coucha, et, aussitôt, comme la veille, éteignit l'électricité.

Même attente anxieuse. Même petit grincement inexplicable. Et, de sa même voix railleuse, Altenheim articula :

« Et alors, comment ça va, l'ami ?... Des injures ?... Mais non, mais non, mon vieux, ce n'est pas du tout ce qu'on te demande ! Tu fais fausse route. Ce qu'il me faut, ce sont de bonnes confidences, bien complètes, bien détaillées, concernant tout ce que tu as révélé à Kesselbach... l'histoire de Pierre Leduc, etc. C'est clair ?... »

Sernine écoutait avec stupeur. Il n'y avait pas à se tromper, cette fois : le baron s'adressait *réellement* au vieux Steinweg. Colloque impressionnant ! Il lui semblait surprendre le dialogue mystérieux d'un vivant et d'un mort, une conversation avec un être innommable, respirant dans un autre monde, un être invisible, impalpable, inexistant.

Le baron reprit, ironique et cruel :

« Tu as faim ? Mange donc, mon vieux. Seulement, rappelle-toi que je t'ai donné d'un coup toute ta provision de pain, et que, en la grignotant, à raison de quelques miettes en vingt-quatre heures, tu en as tout au plus pour une semaine... Mettons dix jours ! Dans dix jours, couic, il n'y aura plus de père Steinweg. A moins que d'ici là tu aies consenti à parler. Non ? On verra ça demain... Dors, mon vieux. »

Le lendemain, à une heure, après une nuit et une matinée sans incident, le prince Sernine sortait paisiblement de la villa Dupont et, la tête faible, les jambes molles, tout en se dirigeant vers le plus proche restaurant, il résumait la situation :

« Ainsi, mardi prochain, Altenheim et l'assassin du Palace Hôtel ont rendez-vous à Garches dans une maison dont le téléphone porte le numéro 38. C'est donc mardi que je livrerai les deux coupables et que *je délivrerai M. Lenormand*. Le soir même, ce sera le tour du vieux Steinweg, et j'apprendrai enfin si Pierre Leduc est, oui ou non, le fils d'un charcutier, et si je peux dignement en faire le mari de Geneviève. Ainsi soit-il ! »

Le mardi matin, vers onze heures, Valenglay, président du Conseil, faisait venir le préfet de police, le sous-chef de la Sûreté, M. Weber, et leur montrait un pneumatique, signé prince Sernine, qu'il venait de recevoir.

« Monsieur le Président du Conseil,

« Sachant tout l'intérêt que vous portiez à M. Lenormand, je viens vous mettre au courant des faits que le hasard m'a révélés.

« M. Lenormand est enfermé dans les caves de la villa des Glycines, à Garches, auprès de la maison de retraite.

« Les bandits du Palace Hôtel ont résolu de l'assassiner aujourd'hui à deux heures.

« Si la police a besoin de mon concours, je serai à une heure et demie dans le jardin de la maison de retraite, ou chez Mme Kesselbach, dont j'ai l'honneur d'être l'ami.

« Recevez, Monsieur le Président du Conseil, etc.

« Signé : Prince SERNINE. »

« Voilà qui est extrêmement grave, mon cher monsieur Weber, fit Valenglay. J'ajouterai que nous devons avoir toute confiance dans les affirmations du prince Paul Sernine. J'ai dîné plusieurs fois avec lui. C'est un homme sérieux, intelligent...

— Voulez-vous me permettre, monsieur le président, dit le sous-chef de la Sûreté, de vous communiquer une autre lettre que j'ai reçue également ce matin ?

— Sur la même affaire ?

— Oui.

— Voyons. »

Il prit la lettre et lut :

« Monsieur,

« Vous êtes averti que le prince Paul Sernine, qui se dit l'ami de Mme Kesselbach, n'est autre qu'Arsène Lupin.

« Une seule preuve suffira : Paul Sernine est l'anagramme d'Arsène Lupin. Ce sont les mêmes lettres. Il n'y en a pas une de plus, pas une de moins.

« Signé : L. M. »

Et M. Weber ajouta, tandis que Valenglay restait confondu :

« Pour cette fois, notre ami Lupin trouve un adversaire à sa taille. Pendant qu'il le dénonce, l'autre nous le livre. Et voilà le renard pris au piège.

— Et alors ? dit Valenglay.

— Et alors, monsieur le président, nous allons tâcher de les mettre d'accord tous les deux... Et, pour cela, j'emmène deux cents hommes. »

LA REDINGOTE OLIVE

I

Midi et quart. Un restaurant près de la Madeleine. Le prince déjeune. A la table voisine, deux jeunes gens s'assoient. Il les salue, et se met à leur parler comme à des amis de rencontre.

« Vous êtes de l'expédition, hein ?
— Oui.
— Combien d'hommes en tout ?
— Six, paraît-il. Chacun y va de son côté. Rendez-vous à une heure trois quarts avec M. Weber près de la maison de retraite.
— Bien, j'y serai.
— Quoi ?
— N'est-ce pas moi qui dirige l'expédition ? Et ne faut-il pas que ce soit moi qui retrouve M. Lenormand puisque je l'ai annoncé publiquement ?
— Vous croyez donc, patron, que M. Lenormand n'est pas mort ?
— J'en suis sûr. Oui, depuis hier, j'ai la certitude qu'Altenheim et sa bande ont conduit M. Lenormand et Gourel sur le pont de Bougival et qu'ils les ont jetés par-dessus bord. Gourel a coulé, M. Lenormand s'en est tiré. Je fournirai toutes les preuves nécessaires quand le moment sera venu.
— Mais alors, s'il est vivant, pourquoi ne se montre-t-il pas ?
— Parce qu'il n'est pas libre.

— Ce serait donc vrai ce que vous avez dit ? Il se trouve dans les caves de la villa des Glycines ?

— J'ai tout lieu de le croire.

— Mais comment savez-vous ?... Quel indice ?...

— C'est mon secret. Ce que je puis vous annoncer, c'est que le coup de théâtre sera... comment dirais-je... sensationnel. Vous avez fini ?

— Oui.

— Mon auto est derrière la Madeleine. Rejoignez-moi. »

A Garches, Sernine renvoya la voiture, et ils marchèrent jusqu'au sentier qui conduisait à l'école de Geneviève. Là, il s'arrêta.

« Ecoutez-moi bien, les enfants. Voici qui est de la plus haute importance. Vous allez sonner à la maison de retraite. Comme inspecteurs, vous avez vos entrées, n'est-ce pas ? Vous irez au pavillon Hortense, celui qui est inoccupé. Là, vous descendrez dans le sous-sol, et vous trouverez un vieux volet qu'il suffit de soulever pour dégager l'orifice d'un tunnel que j'ai découvert ces jours-ci, et qui établit une communication directe avec la villa des Glycines. C'est par là que Gertrude et que le baron Altenheim se retrouvaient. Et c'est par là que M. Lenormand a passé pour, en fin de compte, tomber entre les mains de ses ennemis.

— Vous croyez, patron ?

— Oui, je le crois. Et maintenant, voilà de quoi il s'agit. Vous allez vous assurer que le tunnel est exactement dans l'état où je l'ai laissé cette nuit, que les deux portes qui le barrent sont ouvertes, et qu'il y a toujours, dans un trou situé près de la deuxième porte, un paquet enveloppé de serge noire que j'y ai déposé moi-même.

— Faudra-t-il défaire le paquet ?

— Inutile, ce sont des vêtements de rechange. Allez, et qu'on ne vous remarque pas trop. Je vous attends. »

Dix minutes plus tard, ils étaient de retour.

« Les deux portes sont ouvertes, fit Doudeville.
— Le paquet de serge noire ?
— A sa place, près de la deuxième porte.
— Parfait ! Il est une heure vingt-cinq. Weber va débarquer avec ses champions. On surveille la villa. On la cerne dès qu'Altenheim y est entré. Moi, d'accord avec Weber, je sonne. Là, j'ai mon plan. Allons, j'ai idée qu'on ne s'ennuiera pas. »

Et Sernine, les ayant congédiés, s'éloigna par le sentier de l'école, tout en monologuant.

« Tout est pour le mieux. La bataille va se livrer sur le terrain choisi par moi. Je la gagne fatalement, je me débarrasse de mes deux adversaires, et je me trouve seul engagé dans l'affaire Kesselbach... seul, avec deux beaux atouts : Pierre Leduc et Steinweg... En plus, le roi... c'est-à-dire Bibi. Seulement, il y a un cheveu... Qu'est-ce que peut bien faire Altenheim ? Evidemment, il a, lui aussi, son plan d'attaque. Par où m'attaque-t-il ? Et comment admettre qu'il ne m'ait pas encore attaqué ? C'est inquiétant. M'aurait-il dénoncé à la police ? »

Il longea le petit préau de l'école, dont les élèves étaient alors en classe, et il heurta la porte d'entrée.

« Tiens, te voilà ! dit Mme Ernemont, en ouvrant. Tu as donc laissé Geneviève à Paris ?
— Pour cela il eût fallu que Geneviève fût à Paris, répondit-il.
— Mais elle y a été, puisque tu l'as fait venir.
— Qu'est-ce que tu dis ? s'exclama-t-il, en lui empoignant le bras.
— Comment ? mais tu le sais mieux que moi !...
— Je ne sais rien... je ne sais rien... Parle !...
— N'as-tu pas écrit à Geneviève de te rejoindre à la gare Saint-Lazare ?
— Et elle est partie ?
— Mais oui... Vous deviez déjeuner ensemble à l'hôtel Ritz...
— La lettre... fais voir la lettre. »

Elle monta la chercher et la lui donna.

« Mais, malheureuse, tu n'as donc pas vu que c'était un faux ? L'écriture est bien imitée... mais c'est un faux... Cela saute aux yeux. »

Il se colla les poings contre les tempes avec rage :

« Le voilà le coup que je demandais. Ah ! le misérable ! C'est par elle qu'il m'attaque... Mais comment sait-il ? Eh ! non, il ne sait pas... Voilà deux fois qu'il tente l'aventure... et c'est pour Geneviève, parce qu'il s'est pris de béguin pour elle... Oh ! cela non, jamais ! Ecoute, Victoire... Tu es sûre qu'elle ne l'aime pas ?... Ah ça ! mais je perds la tête ! Voyons... voyons... il faut que je réfléchisse... ce n'est pas le moment... »

Il consulta sa montre.

« Une heure trente-cinq... j'ai le temps... Imbécile ! le temps de quoi faire ? Est-ce que je sais où elle est ? »

Il allait et venait, comme un fou, et sa vieille nourrice semblait stupéfaite de le voir aussi agité, aussi peu maître de lui.

« Après tout, dit-elle, rien ne prouve qu'elle n'ait pas flairé le piège, au dernier instant...

— Où serait-elle ?

— Je l'ignore... peut-être chez Mme Kesselbach...

— C'est vrai... c'est vrai... tu as raison », s'écria-t-il, plein d'espoir soudain.

Et il partit en courant vers la maison de retraite.

Sur la route, près de la porte, il rencontra les frères Doudeville qui entraient chez la concierge, dont la loge avait vue sur la route, ce qui leur permettait de surveiller les abords des Glycines. Sans s'arrêter, il alla droit au pavillon de l'Impératrice, appela Suzanne, et se fit conduire chez Mme Kesselbach.

« Geneviève ? dit-il.

— Geneviève ?

— Oui, elle n'est pas venue ?

— Non, voici même plusieurs jours.

— Mais elle doit venir, n'est-ce pas ?

— Vous croyez ?

— Mais j'en suis sûr. Où voulez-vous qu'elle soit ? Rappelez-vous ?...

— J'ai beau chercher. Je vous assure que Geneviève et moi nous ne devions pas nous voir. »

Et subitement effrayée :

« Mais vous n'êtes pas inquiet ? Il n'est rien arrivé à Geneviève ?

— Non, rien. »

Il était parti déjà. Une idée l'avait heurté. Si le baron Altenheim n'était pas à la villa des Glycines ? Si l'heure du rendez-vous avait été changée ?

« Il faut que je le voie... se disait-il, il le faut, à tout prix. »

Et il courait, l'allure désordonnée, indifférent à tout. Mais, devant la loge, il recouvra instantanément son sang-froid : il avait aperçu le sous-chef de la Sûreté, qui parlait dans le jardin avec les frères Doudeville. S'il avait eu sa clairvoyance habituelle, il eût surpris le petit tressaillement qui agita M. Weber à son approche, mais il ne vit rien.

« Monsieur Weber, n'est-ce pas ? dit-il.

— Oui... A qui ai-je l'honneur ?...

— Le prince Sernine.

— Ah ! très bien, M. le préfet de police m'a averti du service considérable que vous nous rendiez, monsieur.

— Ce service ne sera complet que quand j'aurai livré les bandits.

— Cela ne va pas tarder. Je crois que l'un de ces bandits vient d'entrer... un homme assez fort, avec un monocle.

— En effet, c'est le baron Altenheim. Vos hommes sont là, monsieur Weber ?

— Oui, cachés sur la route, à deux cents mètres de distance.

— Eh bien, monsieur Weber, il me semble que vous pourriez les réunir et les amener devant cette loge. De là nous irons jusqu'à la villa. Je sonnerai.

Comme le baron Altenheim me connaît, je suppose que l'on m'ouvrira, et j'entrerai... avec vous.

— Le plan est excellent, dit M. Weber. Je reviens tout de suite. »

Il sortit du jardin et s'en alla par la route, du côté opposé aux Glycines.

Rapidement, Sernine empoigna l'un des frères Doudeville par le bras.

« Cours après lui, Jacques... Occupe-le... le temps que j'entre aux Glycines... Et puis retarde l'assaut... le plus possible... invente des prétextes... Il me faut dix minutes... Qu'on entoure la villa... mais qu'on n'y entre pas. Et toi, Jean, va te poster dans le pavillon Hortense, à l'issue du souterrain. Si le baron veut sortir par là, casse-lui la tête. »

Les Doudeville s'éloignèrent. Le prince se glissa dehors, et courut jusqu'à une haute grille, blindée de fer, qui était l'entrée des Glycines.

Sonnerait-il ?

Autour de lui, personne. D'un bond il s'élança sur la grille, en posant son pied au rebord de la serrure, et, s'accrochant aux barreaux, s'arc-boutant avec ses genoux, se hissant à la force des poignets, il parvint, au risque de retomber sur la pointe aiguë des barreaux, à franchir la grille et à sauter.

Il y avait une cour pavée qu'il traversa rapidement, et il monta les marches d'un péristyle à colonnes sur lequel donnaient des fenêtres qui, toutes, étaient recouvertes, jusqu'aux impostes, de volets pleins.

Comme il réfléchissait au moyen de s'introduire dans la maison, la porte fut entrebâillée avec un bruit de fer qui lui rappela la porte de la villa Dupont, et Altenheim apparut.

« Dites donc, prince, c'est comme cela que vous pénétrez dans les propriétés particulières ? Je vais être contraint de recourir aux gendarmes, mon cher. »

Sernine le saisit à la gorge, et le renversant contre une banquette :

« Geneviève... Où est Geneviève ? Si tu ne me dis pas ce que tu as fait d'elle, misérable !...

— *Je te prie de remarquer*, bégaya le baron, *que tu me coupes la parole.* »

Sernine le lâcha.

« Au fait !... Et vite !... Réponds... Geneviève ?...

— Il y a une chose, répliqua le baron, qui est beaucoup plus urgente, surtout quand il s'agit de gaillards de notre espèce, c'est d'être chez soi... »

Et, soigneusement, il repoussa la porte qu'il barricada de verrous. Puis, conduisant Sernine dans le salon voisin, un salon sans meubles, sans rideaux, il lui dit :

« Maintenant, je suis ton homme. Qu'y a-t-il pour ton service, prince ?

— Geneviève ?

— Elle se porte à merveille.

— Ah ! tu avoues ?...

— Parbleu ! Je te dirai même que ton imprudence à cet égard m'a étonné. Comment n'as-tu pas pris quelques précautions ? Il était inévitable...

— Assez ! Où est-elle ?

— Tu n'es pas poli.

— Où est-elle ?

— Entre quatre murs, libre...

— Libre ?...

— Oui, libre d'aller d'un mur à l'autre.

— Villa Dupont, sans doute ? Dans la prison que tu as imaginée pour Steinweg ?

— Ah ! tu sais... Non, elle n'est pas là.

— Mais où alors ? Parle, sinon...

— Voyons, mon prince, crois-tu que je serai assez bête pour te livrer le secret par lequel je te tiens ? Tu aimes la petite...

— Tais-toi ! s'écria Sernine, hors de lui... Je te défends...

— Et après ? c'est donc un déshonneur ? Je l'aime bien, moi, et j'ai bien risqué... »

Il n'acheva pas, intimidé par la colère effrayante

de Sernine, colère contenue, silencieuse, qui lui bouleversait les traits.

Ils se regardèrent longtemps, chacun d'eux cherchant le point faible de l'adversaire. A la fin, Sernine s'avança et, d'une voix nette, en homme qui menace plutôt qu'il ne propose un pacte :

« Ecoute-moi. Tu te rappelles l'offre d'association que tu m'as faite ? L'affaire Kesselbach pour nous deux... on marcherait ensemble... on partagerait les bénéfices... J'ai refusé... J'accepte aujourd'hui...

— Trop tard.

— Attends. J'accepte mieux que cela : j'abandonne l'affaire... je ne me mêle plus de rien... tu auras tout... Au besoin je t'aiderai.

— La condition ?

— Dis-moi où se trouve Geneviève ? »

L'autre haussa les épaules.

« Tu radotes, Lupin. Ça me fait de la peine... à ton âge... »

Une nouvelle pause entre les deux ennemis, terrible.

Le baron ricana :

« C'est tout de même une sacrée jouissance de te voir ainsi pleurnicher et demandant l'aumône. Dis donc, j'ai idée que le simple soldat est en train de flanquer une pile à son général.

— Imbécile, murmura Sernine.

— Prince, je t'enverrai mes témoins ce soir... si tu es encore de ce monde.

— Imbécile ! répéta Sernine avec un mépris infini.

— Tu aimes mieux en finir tout de suite ? A ta guise, mon prince, ta dernière heure est venue. Tu peux recommander ton âme à Dieu. Tu souris ? C'est un tort. J'ai sur toi un avantage immense : je tue... au besoin...

— Imbécile ! » redit encore une fois Sernine.

Il tira sa montre.

« Deux heures, baron. Tu n'as plus que quelques minutes. A deux heures cinq, deux heures dix au plus tard, M. Weber et une demi-douzaine d'hommes solides, sans scrupules, forceront l'entrée de ton repaire et te mettront la main au collet... Ne souris pas, toi non plus. L'issue sur laquelle tu comptes est découverte, je la connais, elle est gardée. Tu es donc bel et bien pris. C'est l'échafaud, mon vieux. »

Altenheim était livide. Il balbutia :

« Tu as fait ça ?... Tu as eu l'infamie ?...

— La maison est cernée. L'assaut est imminent. Parle et je te sauve.

— Comment ?

— Les hommes qui gardent l'issue du pavillon sont à moi. Je te donne un mot pour eux, et tu es sauvé. »

Altenheim réfléchit quelques secondes, parut hésiter, mais, soudain résolu, déclara :

« C'est de la blague. Tu n'auras pas été assez naïf pour te jeter toi-même dans la gueule du loup.

— Tu oublies Geneviève. Sans elle, crois-tu que je serais là ? Parle.

— Non.

— Soit. Attendons, dit Sernine. Une cigarette ?

— Volontiers.

— Tu entends ? dit Sernine après quelques secondes.

— Oui... oui... » fit Altenheim en se levant.

Des coups retentissaient à la grille. Sernine prononça :

« Même pas les sommations d'usage... aucun préliminaire... Tu es toujours décidé ?

— Plus que jamais.

— Tu sais que, avec les instruments qu'ils ont, il n'y en a pas pour longtemps ?

— Ils seraient dans cette pièce que je te refuserais. »

La grille céda. On entendit le grincement des gonds.

« Se laisser pincer, reprit Sernine, je l'admets,

mais qu'on tende soi-même les mains aux menottes, c'est trop idiot. Voyons, ne t'entête pas. Parle, et file.

— Et toi ?
— Moi je reste. Qu'ai-je à craindre ?
— Regarde. »

Le baron lui désignait une fente à travers les volets. Sernine y appliqua son œil et recula avec un sursaut.

« Ah ! bandit, toi aussi, tu m'as dénoncé ! Ce n'est pas dix hommes, c'est cinquante, cent, deux cents hommes que Weber amène... »

Le baron riait franchement :

« Et s'il y en a tant, c'est qu'il s'agit de Lupin, évidemment ? *Une demi-douzaine suffisait pour moi.*

— Tu as prévenu la police ?
— Oui.
— Quelle preuve as-tu donnée ?
— Ton nom... Paul Sernine, c'est-à-dire Arsène Lupin.
— Et tu as découvert ça tout seul, toi ?... ce à quoi personne n'a jamais pensé ? Allons donc ! C'est l'autre, avoue-le. »

Il regardait par la fente. Des nuées d'agents se répandaient autour de la villa, et ce fut à la porte maintenant que des coups résonnèrent.

Il fallait cependant songer, ou bien à la retraite, ou bien à l'exécution du projet qu'il avait imaginé. Mais, s'éloigner, ne fût-ce qu'un instant, c'était laisser Altenheim, et qui pouvait assurer que le baron n'avait pas à sa disposition une autre issue pour s'enfuir ? Cette idée bouleversa Sernine. Le baron libre ! le baron maître de retourner auprès de Geneviève, et de la torturer, et de l'asservir à son odieux amour !

Entravé dans ses desseins, contraint d'improviser un nouveau plan, à la seconde même, et en subordonnant tout au danger que courait Geneviève, Sernine passa là un moment d'indécision atroce. Les yeux fixés aux yeux du baron, il eût voulu lui arracher son secret et partir, et il n'essayait même plus de le convaincre, tellement toute parole lui semblait inutile. Et, tout en poursuivant ses réflexions, il se demandait ce que pouvaient être celles du baron, quelles étaient ses armes, son espoir de salut. La porte du vestibule, quoique fortement verrouillée, quoique blindée de fer, commençait à s'ébranler. Les deux hommes étaient devant cette porte, immobiles. Le bruit des voix, le sens des mots leur parvenaient.

« Tu parais bien sûr de toi, dit Sernine.

— Parbleu ! » s'écria l'autre en lui donnant un croc-en-jambe qui le fit tomber, et en prenant la fuite.

Sernine se releva aussitôt, franchit sous le grand escalier une petite porte par où Altenheim avait disparu, et, dégringolant les marches de pierre, descendit au sous-sol...

Un couloir, une salle vaste et basse, presque obscure, le baron était à genoux, soulevant le battant d'une trappe.

« Idiot, s'écria Sernine en se jetant sur lui, tu sais bien que nous trouverons mes hommes au bout de ce tunnel, et ils ont l'ordre de te tuer comme un chien... A moins que... à moins que tu n'aies une issue qui s'amorce sur celle-là... Eh ! voilà, pardieu ! j'ai deviné... et tu t'imagines... »

La lutte était acharnée. Altenheim, véritable colosse doué d'une musculature exceptionnelle, avait ceinturé son adversaire, lui paralysant les bras et cherchant à l'étouffer.

« Evidemment... évidemment... articulait celui-ci avec peine, évidemment, c'est bien combiné... Tant que je ne pourrai pas me servir de mes mains pour te casser quelque chose, tu auras l'avantage... Mais seulement... pourras-tu ?... »

Il eut un frisson. La trappe, qui s'était refermée, et sur le battant de laquelle ils pesaient de tout leur poids, la trappe paraissait bouger sous eux. Il sentait les efforts que *l'on* faisait pour la soulever, et le baron devait le sentir aussi, car il essayait désespérément de déplacer le terrain du combat pour que la trappe pût s'ouvrir.

« C'est *l'autre !* » pensa Sernine avec la sorte d'épouvante irraisonnée que lui causait cet être mystérieux... « C'est l'autre... S'il passe, je suis perdu. »

Par des gestes insensibles, Altenheim avait réussi à se déplacer, et il tâchait d'entraîner son adversaire. Mais celui-ci s'accrochait par les jambes aux jambes du baron, en même temps que, peu à peu, il s'ingéniait à dégager une de ses mains.

Au-dessus d'eux, de grands coups, comme des coups de bélier...

« J'ai cinq minutes, pensa Sernine... Dans une minute, il faut que ce gaillard-là... »

Et tout haut :

« Attention, mon petit. Tiens-toi bien. »

Il rapprocha ses genoux l'un de l'autre avec une énergie incroyable. Le baron hurla, l'une de ses cuisses tordue.

Alors, Sernine, mettant à profit la souffrance de son adversaire, fit un effort, dégagea sa main droite et le prit à la gorge.

« Parfait ! Comme cela, nous sommes bien mieux à notre aise... Non, pas la peine de chercher ton couteau... sans quoi je t'étrangle comme un poulet. Tu vois, j'y mets des formes... Je ne serre pas trop... juste assez pour que tu n'aies même pas envie de gigoter. »

Tout en parlant, il sortait de sa poche une cordelette très fine et, d'une seule main, avec une habileté extrême, il lui attachait les poignets. A bout de souffle, d'ailleurs, le baron n'opposait plus aucune résistance. En quelques gestes précis, Sernine le ficela solidement.

« Comme tu es sage ! A la bonne heure ! Je ne te reconnais plus. Tiens, au cas où tu voudrais t'échapper, voilà un rouleau de fil de fer qui va compléter mon petit travail... Les poignets d'abord... Les chevilles, maintenant... Ça y est... Dieu ! que tu es gentil ! »

Le baron s'était remis peu à peu. Il bégaya :

« Si tu me livres, Geneviève mourra.

— Vraiment !... Et comment ?... Explique-toi...

— Elle est enfermée. Personne ne connaît sa retraite. Moi supprimé, elle mourra de faim... comme Steinweg... »

Sernine frissonna. Il reprit :

« Oui, mais tu parleras.

— Jamais.

— Si, tu parleras. Pas maintenant, c'est trop tard, mais cette nuit. »

Il se pencha sur lui et tout bas, à l'oreille, il prononça :

« Ecoute, Altenheim, et comprends-moi bien. Tout à l'heure tu vas être pincé. Ce soir tu coucheras au Dépôt. Cela est fatal, irrévocable. Moi-même je ne puis plus rien y changer. Et demain, on t'emmènera à la Santé, et plus tard, tu sais où ?... Eh bien, je te donne encore une chance de salut. Cette nuit, tu entends, cette nuit, je pénétrerai dans ta cellule, au Dépôt, et tu me diras où est Geneviève. Deux heures après, si tu n'as pas menti, tu seras libre. Sinon... c'est que tu ne tiens pas beaucoup à ta tête. »

L'autre ne répondit pas. Sernine se releva et écouta. Là-haut, un grand fracas. La porte d'entrée cédait. Des pas martelèrent les dalles du vestibule et le plancher du salon. M. Weber et ses hommes cherchaient.

« Adieu, baron, réfléchis jusqu'à ce soir. La cellule est bonne conseillère. »

Il poussa son prisonnier, de façon à dégager la trappe et il souleva celle-ci. Comme il s'y attendait, il n'y avait plus personne en dessous, sur les marches de l'escalier.

Il descendit, en ayant soin de laisser la trappe ouverte derrière lui, comme s'il avait eu l'intention de revenir.

Il y avait vingt marches, puis, en bas, c'était le commencement du couloir que M. Lenormand et Gourel avaient parcouru en sens inverse.

Il s'y engagea et poussa un cri. Il lui avait semblé deviner la présence de quelqu'un.

Il alluma sa lanterne de poche. Le couloir était vide.

Alors, il arma son revolver et dit à haute voix :

« Tant pis pour toi... Je fais feu. »

Aucune réponse. Aucun bruit.

« C'est une illusion sans doute, pensa-t-il. Cet être-là m'obsède. Allons, si je veux réussir et gagner la porte, il faut me hâter... Le trou, dans lequel j'ai mis le paquet de vêtements, n'est pas loin. Je prends le paquet... et le tour est joué... Et quel tour ! un des meilleurs de Lupin... »

Il rencontra une porte qui était ouverte et tout de suite s'arrêta. A droite il y avait une excavation, celle que M. Lenormand avait pratiquée pour échapper à l'eau qui montait.

Il se baissa et projeta sa lumière dans l'ouverture.

« Oh ! fit-il en tressaillant... Non, ce n'est pas possible... C'est Doudeville qui aura poussé le paquet plus loin. »

Mais il eut beau chercher, scruter les ténèbres. Le paquet n'était plus là, et il ne douta pas que ce fût encore l'être mystérieux qui l'eût dérobé.

« Dommage ! la chose était si bien arrangée ! l'aventure reprenait son cours naturel, et j'arrivais au bout plus sûrement... Maintenant il s'agit de me trotter au plus vite... Doudeville est au pavillon... Ma retraite est assurée... Plus de blagues... il faut se dépêcher et remettre la chose sur pied, si possible... Et après, on s'occupera de *lui*... Ah ! qu'il se gare de mes griffes, *celui-là*. »

Mais une exclamation de stupeur lui échappa ; il arrivait à l'autre porte, et cette porte, la dernière avant le pavillon, était fermée. Il se rua contre elle. A quoi bon ? Que pouvait-il faire ?

« Cette fois-ci, murmura-t-il, je suis bien fichu. »

Et, pris d'une sorte de lassitude, il s'assit. Il avait l'impression de sa faiblesse en face de l'être mystérieux. Altenheim ne comptait guère. Mais l'autre, ce personnage de ténèbres et de silence, l'autre le dominait, bouleversait toutes ses combinaisons, et l'épuisait par ses attaques sournoises et infernales.

Il était vaincu.

Weber le trouverait là, comme une bête acculée, au fond de sa caverne.

II

« Ah ! non, non ! fit-il en se redressant d'un coup. S'il n'y avait que moi, peut-être !... mais il y a Geneviève, Geneviève, qu'il faut sauver cette nuit... Après tout, rien n'est perdu... Si *l'autre* s'est éclipsé tout à l'heure, c'est qu'il existe une seconde issue dans les parages. Allons, allons, Weber et sa bande ne me tiennent pas encore. »

Déjà il explorait le tunnel, et, sa lanterne en main, étudiait les briques dont les parois étaient formées, quand un cri parvint jusqu'à lui, un cri horrible, abominable, qui le fit frémir d'angoisse.

Cela provenait du côté de la trappe. Et il se rappela soudain qu'il avait laissé cette trappe ouverte alors qu'il avait l'intention de remonter dans la villa des Glycines. Il se hâta de retourner, franchit la première porte. En route, sa lanterne étant éteinte, il sentit quelque chose, quelqu'un plutôt qui frôlait ses genoux, quelqu'un qui rampait le long du mur. Et aussitôt, il eut l'impression que cet être disparaissait, s'évanouissait, il ne savait pas où. A cet instant, il heurta une marche.

« C'est là l'issue, pensa-t-il, la seconde issue par où *il* passe. »

En haut, le cri retentit de nouveau, moins fort, suivi de gémissements, de râles... Il monta l'escalier en courant, surgit dans la salle basse et se précipita sur le baron. Altenheim agonisait, la gorge en sang.

Ses liens étaient coupés, mais les fils de fer qui attachaient ses poignets et ses chevilles étaient intacts. *Ne pouvant le délivrer, son complice l'avait égorgé.*

Sernine contemplait ce spectacle avec effroi. Une sueur le glaçait. Il songeait à Geneviève emprisonnée, sans secours, puisque le baron, seul, connaissait sa retraite.

Distinctement il entendit que les agents ouvraient la petite porte dérobée du vestibule. Distinctement, il les entendit qui descendaient l'escalier de service.

Il n'était plus séparé d'eux que par une porte, celle de la salle basse où il se trouvait. Il la verrouilla au moment même où les agresseurs empoignaient le loquet. La trappe était ouverte à côté de lui... C'était le salut possible, puisqu'il y avait encore la seconde issue.

« Non, se dit-il, Geneviève d'abord. Après, si j'ai le temps, je songerai à moi... »

Et, s'agenouillant, il posa la main sur la poitrine du baron. Le cœur palpitait encore. Il s'inclina davantage :

« Tu m'entends, n'est-ce pas ? »

Les paupières battirent faiblement.

Il y avait un souffle de vie dans le moribond. De ce semblant d'existence, pouvait-on tirer quelque chose ?

La porte, dernier rempart, fut attaquée par les agents. Sernine murmura :

« Je te sauverai... j'ai des remèdes infaillibles... Un mot, seulement... Geneviève ?... »

On eût dit que cette parole d'espoir suscitait de la force. Altenheim essaya d'articuler.

« Réponds, exigeait Sernine, réponds et je te sauve... C'est la vie aujourd'hui... la liberté demain... Réponds ! »

La porte tremblait sous les coups.

Le baron ébaucha des syllabes inintelligibles. Penché sur lui, effaré, toute son énergie, toute sa volonté tendues, Sernine haletait d'angoisse. Les agents, sa capture inévitable, la prison, il n'y songeait même pas... mais Geneviève... Geneviève mourant de faim, et qu'un mot de ce misérable pouvait délivrer !...

« Réponds... il le faut... »

Il ordonnait, il suppliait. Altenheim bégaya, comme hypnotisé, vaincu par cette autorité indomptable :

« Ri... Rivoli...

— Rue de Rivoli, n'est-ce pas ? tu l'as enfermée dans une maison de cette rue... Quel numéro ? »

Un vacarme... des hurlements de triomphe... la porte s'était abattue.

« Sautez dessus, cria M. Weber, qu'on l'empoigne !... qu'on les empoigne tous les deux !

— Le numéro... réponds... Si tu l'aimes, réponds... Pourquoi te taire maintenant ?

— Vingt... Vingt-sept... » souffla le baron.

Des mains touchaient Sernine. Dix revolvers le menaçaient.

Il fit face aux agents, qui reculèrent avec une peur instinctive.

« Si tu bouges, Lupin, cria M. Weber, l'arme braquée, je te brûle.

— Ne tire pas, dit Sernine gravement, c'est inutile, je me rends.

— Des blagues ! C'est encore un truc de ta façon...

— Non, reprit Sernine, la bataille est perdue. Tu n'as pas le droit de tirer. Je ne me défends pas. »

Il exhiba deux revolvers qu'il jeta sur le sol.

« Des blagues ! reprit M. Weber implacable. Droit au cœur, les enfants ! Au moindre geste : feu ! Au moindre mot : feu ! »

Dix hommes étaient là. Il en posta quinze. Il dirigea les quinze bras vers la cible. Et, rageur, tremblant de joie et de crainte, il grinçait :

« Au cœur ! A la tête ! Et pas de pitié ! S'il remue, s'il parle... à bout portant, feu ! »

Les mains dans ses poches, impassible, Sernine

souriait. A deux pouces de ses tempes, la mort le guettait. Des doigts se crispaient aux détentes.

« Ah ! ricana M. Weber, ça fait plaisir de voir ça... Et j'imagine que cette fois nous avons mis dans le mille, et d'une sale façon pour toi, monsieur Lupin... »

Il fit écarter les volets d'un vaste soupirail, par où la clarté du jour pénétra brusquement, et il se retourna vers Altenheim. Mais, à sa grande stupéfaction, le baron qu'il croyait mort ouvrit les yeux, des yeux ternes, effroyables, déjà remplis de néant. Il regarda M. Weber. Puis il sembla chercher, et, apercevant Sernine, il eut une convulsion de colère. On eût dit qu'il se réveillait de sa torpeur, et que sa haine soudain ranimée lui rendait une partie de ses forces.

Il s'appuya sur ses deux poignets et tenta de parler.

« Vous le reconnaissez, hein ? dit M. Weber.

— Oui.

— C'est Lupin, n'est-ce pas ?

— Oui... Lupin... »

Sernine, toujours souriant, écoutait.

« Dieu ! que je m'amuse ! déclara-t-il.

— Vous avez d'autres choses à dire ? demanda M. Weber qui voyait les lèvres du baron s'agiter désespérément.

— Oui.

— A propos de M. Lenormand, peut-être ?

— Oui.

— Vous l'avez enfermé ? Où cela ? Répondez... »

De tout son être soulevé, de tout son regard tendu, Altenheim désigna un placard, au coin de la salle.

« Là... là... dit-il.

— Ah ! ah ! nous brûlons », ricana Lupin.

M. Weber ouvrit. Sur l'une des planches, il y avait un paquet enveloppé de serge noire. Il le déplia et trouva un chapeau, une petite boîte, des vêtements... Il tressaillit. Il avait reconnu la redingote olive de M. Lenormand.

« Ah ! les misérables ! s'écria-t-il, ils l'ont assassiné.

— Non, fit Altenheim, d'un signe.

— Alors ?

— C'est lui... lui...

— Comment, lui ?... c'est Lupin qui a tué le chef ?

— Non. »

Avec une obstination farouche, Altenheim se raccrochait à l'existence, avide de parler et d'accuser... Le secret qu'il voulait dévoiler était au bout de ses lèvres, et il ne pouvait pas, il ne savait plus le traduire en mots.

« Voyons, insista le sous-chef, M. Lenormand est bien mort, pourtant ?

— Non.

— Il vit ?

— Non.

— Je ne comprends pas... Voyons, ces vêtements ? Cette redingote ?... »

Altenheim tourna les yeux du côté de Sernine. Une idée frappa M. Weber.

« Ah ! je comprends ! Lupin avait dérobé les vêtements de M. Lenormand, et il comptait s'en servir pour échapper.

— Oui... Oui...

— Pas mal, s'écria le sous-chef. C'est bien un coup de sa façon. Dans cette pièce, on aurait trouvé Lupin déguisé en M. Lenormand, enchaîné sans doute. C'était le salut pour lui... Seulement, il n'a pas eu le temps. C'est bien cela, n'est-ce pas ?

— Oui... Oui... »

Mais, au regard du mourant, M. Weber sentit qu'il y avait autre chose, et que ce n'était pas encore tout à fait cela, le secret. Qu'était-ce alors ? Qu'était-ce, l'étrange et indéchiffrable énigme que le mourant voulait révéler avant de mourir ? Il interrogea :

« Et M. Lenormand, où est-il ?

— Là...

— Comment là ?

— Oui.
— Mais il n'y a que nous dans cette pièce !
— Il y a... il y a...
— Mais parlez donc...
— Il y a... Ser... Sernine...
— Sernine ! Hein ! Quoi ?
— Sernine... Lenormand... »

M. Weber bondit. Une lueur subite le heurtait.

« Non, non, ce n'est pas possible, murmura-t-il, c'est de la folie. »

Il épia son prisonnier. Sernine semblait s'amuser beaucoup et assister à la scène en amateur qui se divertit et qui voudrait bien connaître le dénouement.

Epuisé, Altenheim était retombé tout de son long. Allait-il mourir avant d'avoir donné le mot de l'énigme que posaient ses obscures paroles ? M. Weber, secoué par une hypothèse absurde, invraisemblable, dont il ne voulait pas, et qui s'acharnait après lui, M. Weber se précipita de nouveau.

« Expliquez-vous... Qu'y a-t-il là-dessous ? Quel mystère ?... »

L'autre ne semblait pas entendre, inerte, les yeux fixes. M. Weber se coucha contre lui et scanda nettement, de façon que chaque syllabe pénétrât au fond même de cette âme noyée d'ombre déjà :

« Ecoute... J'ai bien compris, n'est-ce pas ? Lupin et M. Lenormand... »

Il lui fallut un effort pour continuer, tellement la phrase lui paraissait monstrueuse. Pourtant les yeux ternes du baron semblaient le contempler avec angoisse. Il acheva, palpitant d'émotion, comme s'il eût prononcé un blasphème :

« C'est cela, n'est-ce pas ? Tu en es sûr ? Tous les deux, ça ne fait qu'un ? »

Les yeux ne bougeaient pas. Un filet de sang suintait au coin de la bouche... Deux ou trois hoquets... Une convulsion suprême. Ce fut tout. Dans la salle basse, encombrée de monde, il y eut un long silence.

Presque tous les agents qui gardaient Sernine s'étaient détournés, et stupéfaits, sans comprendre ou se refusant à comprendre, ils *écoutaient* encore l'incroyable accusation que le bandit n'avait pu formuler.

M. Weber prit la boîte trouvée dans le paquet de serge noire et l'ouvrit. Elle contenait une perruque grise, des lunettes à branches d'argent, un foulard marron, et, dans un double fond, des pots de maquillage et un casier avec de menues boucles de poils gris — bref, de quoi se faire la tête exacte de M. Lenormand.

Il s'approcha de Sernine et, l'ayant contemplé quelques instants sans mot dire, pensif, reconstituant toutes les phases de l'aventure, il murmura : « Alors, c'est vrai ? » Sernine, qui ne s'était pas départi de son calme souriant, répliqua :

« L'hypothèse ne manque ni d'élégance ni de hardiesse. Mais, avant tout, dis à tes hommes de me ficher la paix avec leurs joujoux.

— Soit, accepta M. Weber, en faisant un signe à ses hommes. Et maintenant, réponds.

— A quoi ?

— Es-tu M. Lenormand ?

— Oui. »

Des exclamations s'élevèrent. Jean Doudeville, qui était là pendant que son frère surveillait l'issue secrète, Jean Doudeville, le complice même de Sernine, le regardait avec ahurissement. M. Weber, suffoqué, restait indécis.

« Ça t'épate, hein ? dit Sernine. J'avoue que c'est assez rigolo... Dieu, que tu m'as fait rire quelquefois, quand on travaillait ensemble, toi et moi, le chef et le sous-chef !... Et le plus drôle, c'est que tu le croyais mort, ce brave M. Lenormand... mort comme ce pauvre Gourel. Mais non, mais non, mon vieux, petit bonhomme vivait encore... »

Il montra le cadavre d'Altenheim.

« Tiens, c'est ce bandit-là qui m'a fichu à l'eau,

dans un sac, un pavé autour de la taille. Seulement, il avait oublié de m'enlever mon couteau... Et, avec un couteau, on crève les sacs et on coupe les cordes. Voilà ce que c'est, malheureux Altenheim... Si tu avais pensé à cela, tu n'en serais pas où tu en es... Mais assez causé... Paix à tes cendres ! »

M. Weber écoutait, ne sachant que penser. A la fin, il eut un geste de désespoir, comme s'il renonçait à se faire une opinion raisonnable.

« Les menottes, dit-il, soudain alarmé.

— C'est tout ce que tu trouves ? dit Sernine... Tu manques d'imagination... Enfin, si ça t'amuse... »

Et, avisant Doudeville au premier rang de ses agresseurs, il lui tendit les mains :

« Tiens, l'ami, à toi l'honneur, et pas la peine de t'éreinter... Je joue franc jeu... puisqu'il n'y a pas moyen de faire autrement... »

Il disait cela d'un ton qui fit comprendre à Doudeville que la lutte était finie pour l'instant, et qu'il n'y avait qu'à se soumettre. Doudeville lui passa les menottes. Sans remuer les lèvres, sans une contraction du visage, Sernine chuchota : « 27, rue de Rivoli... Geneviève. »

M. Weber ne put réprimer un mouvement de satisfaction à la vue d'un tel spectacle.

« En route ! dit-il, à la Sûreté !

— C'est cela, à la Sûreté, s'écria Sernine. M. Lenormand va écrouer Arsène Lupin, lequel va écrouer le prince Sernine.

— Tu as trop d'esprit, Lupin.

— C'est vrai, Weber, nous ne pouvons pas nous entendre. »

Durant le trajet, dans l'automobile que trois autres automobiles chargées d'agents escortaient, il ne souffla pas mot. On ne fit que passer à la Sûreté. M. Weber, se rappelant les évasions organisées par Lupin, le fit monter aussitôt à l'anthropométrie, puis l'amena au Dépôt d'où il fut dirigé sur la prison de la Santé. Prévenu par téléphone, le directeur attendait.

Les formalités de l'écrou et le passage dans la chambre de la fouille furent rapides.

A sept heures du soir, le prince Paul Sernine franchissait le seuil de la cellule 14, deuxième division.

« Pas mal, votre appartement... pas mal du tout... déclara-t-il. La lumière électrique, le chauffage central, les water-closets... Bref, tout le confort moderne... C'est parfait, nous sommes d'accord... Monsieur le directeur, c'est avec le plus grand plaisir que j'arrête cet appartement. »

Il se jeta tout habillé sur le lit.

« Ah ! Monsieur le directeur, j'ai une petite prière à vous adresser.

— Laquelle ?

— Qu'on ne m'apporte pas mon chocolat demain matin avant dix heures... je tombe de sommeil. »

Il se retourna vers le mur.

Cinq minutes après, il dormait profondément.

Table

Le massacre	5
M. Lenormand commence ses opérations	55
Le prince Sernine à l'ouvrage	75
M. Lenormand à l'ouvrage	113
M. Lenormand succombe	137
Parbury-Ribeira-Altenheim	163
La redingote olive	193

NOTE DE L'ÉDITEUR

On imagine mal Arsène Lupin mis définitivement hors d'état de nuire. Le lecteur désireux d'en savoir plus découvrira la suite et l'épilogue de cette mystérieuse affaire dans « *813* » : *les trois crimes d'Arsène Lupin* (Le Livre de Poche n°4061).

Composition réalisée par JOUVE

Imprimé en France sur Presse Offset par

BRODARD & TAUPIN
GROUPE CPI

La Flèche (Sarthe).
N° d'imprimeur : 11187 – Dépôt légal Édit. 19512-02/2002
Librairie Générale Française - 43, quai de Grenelle - 75015 Paris.
ISBN : 2 - 253 - 06783 - 0

30/4062/3